[日]
西尾維新 著
胡长炜 译

クビツリハイスクール
戯言遣いの弟子

Illustration
take

悬梁高校
戏言跟班的弟子

Author
NISIOISIN
Illustration take   Cover Design 稚梦

クビツリハイスクール
戯言遣いの弟子
西尾維新 NISIOISIN

悬梁高校

戏言跟班的弟子

[日] 西尾维新 著
[日] take 绘　　胡长炜 译

中国广播影视出版社

千本樱文库

前 言
PREFACE

　　文库，原本是指收纳书物的仓库和书库，也指收纳书与记事簿，以及不常用物品的小箱子。以前者为例，京浜急行线的"金泽文库站"就是以前镰仓时代北条氏用来收藏汉书的，"金泽文库"名字的由来便是如此。东京都的世田谷区也存在收集珍贵汉书的"静嘉堂文库"。后者则更多地被称为"手文库"。

　　江户时代以来，可以放入袖袂的小开本书籍逐渐流行起来，被称为"袖珍本"。明治三十六年（1903），富山房发行了小开本的丛书，起名"袖珍名著文库"。随后，明治四十四年（1911），讲述战国时代的猿飞佐助和雾隐才藏系列故事的讲谈社"立川文库"发行出版。讲谈是一种日本民间艺术形式，以口语化的方式讲述历史故事。而"立川文库"则是将讲谈收录成册集中出版的丛书，据统计，当时刊行量为200册左右。从那时起，文库就脱离了原本的释义，逐渐演变成了现在的类书集丛。

　　文库说法借鉴了日本出版业界的传统说法。而千本樱源自日本奈良县吉野山樱花盛开的奇景，世人皆用"一目千本樱"来形容樱花美景。千本樱文库纳入的作品皆为日系作品，题材包括推理、悬疑、幻想、青春、文化等类型，正如千本樱满山盛开的绝景。

现代日本，以"文库"命名刊行的丛书系列有 200 种以上，所谓"文库本"只不过是统称而已。日本传统的"文库本"常用的是 A6 尺寸的 148mm×105mm，也叫"A6 判"。千本樱文库的所有书籍将在"文库本"的基础上提升，达到 148mm×210mm 的开本标准。在追求还原的前提下，力图带给读者更清晰的阅读体验。

　　从 20 世纪 70 年代以来，日系推理小说逐步进入中国读者的视野。随着时代更替，涌现出了各种不同风格的作家。日系推理能够长久不衰的原因之一在于设立的各种新人奖，这些新人奖能为日本文坛输送新鲜血液，不断地创作优秀作品。其中，以"自由度"著称的梅菲斯特奖独树一帜。梅菲斯特奖是讲谈社旗下的公募新人奖，其特色在于不限题材，不设字数限制，能够充分发挥作者的想象力和创作力。因此，获奖作品都具有鲜明个性。同时，如森博嗣、京极夏彦、辻村深月等人气作家也都出道于梅菲斯特奖。梅菲斯特奖作家系列的引进出版，会给读者带来更多的个性之作。

　　西尾维新作品的风格，即使放在梅菲斯特奖的历史上，也是独具一格的。2002 年至 2005 年期间刊行的"戏言系列"兼具文学性与娱乐性，打破了本格推理小说解谜为主，不注重登场角色的传统。其作品中，经常出现形形色色、个性怪异的角色形象：喜爱自言自语的大学生、醒来就会失忆的侦探等……千本樱文库会陆续为各位读者带来他们的故事。

千本樱文库编辑部

RENAISSANCE OF LIGHT NOVEL

轻的文艺复兴

  轻文艺是介于轻小说与纯文学之间的分类。与轻小说一样，轻文艺较多使用配色浓烈鲜明的背景与人物形象的立绘作为封面。而在内容方面，除了汲取轻小说中"剑与魔法""异能""机械"等常见要素以外，更加注重构筑世界观，合理搭建人物关系，使其充分服务于剧情发展，因此更加具有逻辑性，作品完成度更高，并非只依托于"角色力"。而与纯文学相比，其天马行空的想象力，更受年轻读者喜欢的角色，以及融入流行文化的余味，都充分诠释了"轻"的概念。作为类型文学的重要分支，轻文艺不仅体现着文学的功能性，更将娱乐性发挥得淋漓尽致。

  说到轻文艺的起源，离不开轻小说的发展。21世纪初，轻小说曾经涌现出大量内容丰富的杰出作品，读者群体涵盖甚广，题材百花齐放，文学性与娱乐性都非常高，当时堪称轻小说的"黄金时代"。但随着动画市场的商业化运作愈发成熟，轻小说逐渐受到形象商务与媒介联动的影响，"萌文化"与"角色力"逐渐占据主导地位，如今轻小说的受众群体范围在逐渐缩小。近年，轻文艺的涌现也正是适应了读者的需求与时代的改变。

  "轻的文艺复兴"旨在再现当初轻小说"黄金时代"的繁荣，遴选当下具有代表性的轻文艺作品，其中既有口碑甚好的名作，也有个性鲜明的新作。宛如文艺复兴运动，将曾经辉煌过的流行文化，推荐给这个时代的读者们。

千本樱文库

> 我犯错时，人尽皆知。
> 我说谎时，却无人察觉。
> ——歌德

哀川润
AIKAWA JYUN
承包人

即便用排除法去掉所有理论上的不可能而得出唯一的结论,但若这个结论看似不可能,便仍是不可能。

那天并非休息日,但我没有去大学上课,而是趴在公寓的榻榻米上专心读书,读的是无住一円的《妻镜》,是从隔壁的美衣子手上借来的旧书(其实说起来算是古籍),因此我在翻看的时候非常小心,尽管只是在略读而已。读书这件事若不是为了打发时间便是为了学习,而我那天的情况属于前者。因此,当敲门声响起,打断我翻页的动作时,我并未感到任何不妥。

"来来来,久违了。"

出乎意料的是,来访者竟然是哀川小姐。只有哀川小姐来访并不会让我意外,关键是她居然会做出敲门这种符合一般常识的行为。不过就算追问她为什么会敲门也不会有答案,所以我只是单纯地回了一句:"呦,好久不见。"

哀川润——女性,职业是承包人,有着挺拔的身材和修长的双腿,身材和比例皆属极品。她全身上下都以纯粹的红色作为基色,虽然稍显怪异,但撇开这点不谈,她这身量身定做的套装却是无可挑剔。任谁来看,哀川小姐都是毫无争议的美人——唯独那异常犀利的眼神除外。至于发型，我记得她原本还留着刘海，现在大概是打算留长，一抹艳丽的酒红色直垂肩膀。

"嗯。你手指的伤已经好了啊。"

"借您吉言。今天有何贵干？啊，请进，快进来坐吧。"

"哎呀，那就不必了。"

说着哀川小姐对我露出了开朗的笑容。这种表情在她脸上可是非常难得一见的——通常哀川小姐的笑容总会带着满满的嘲讽和恶意——因此我一瞬间看呆了。可是哀川小姐没有在意我的反应，就这样带着开朗的笑容将手搭上我的肩，在那满面笑容下，将另一只手中握着的，一个看上去沉甸甸的超小型黑色方块，像是电击器一样的玩意儿往我的腹部一顶。

扑哧，我的肚子正中传来一声闷响。

"啊，唔……"

"反正我们马上就要出门了嘛。"

最后闭上眼之前，我看到哀川小姐的脸上完全没有一丝笑容。

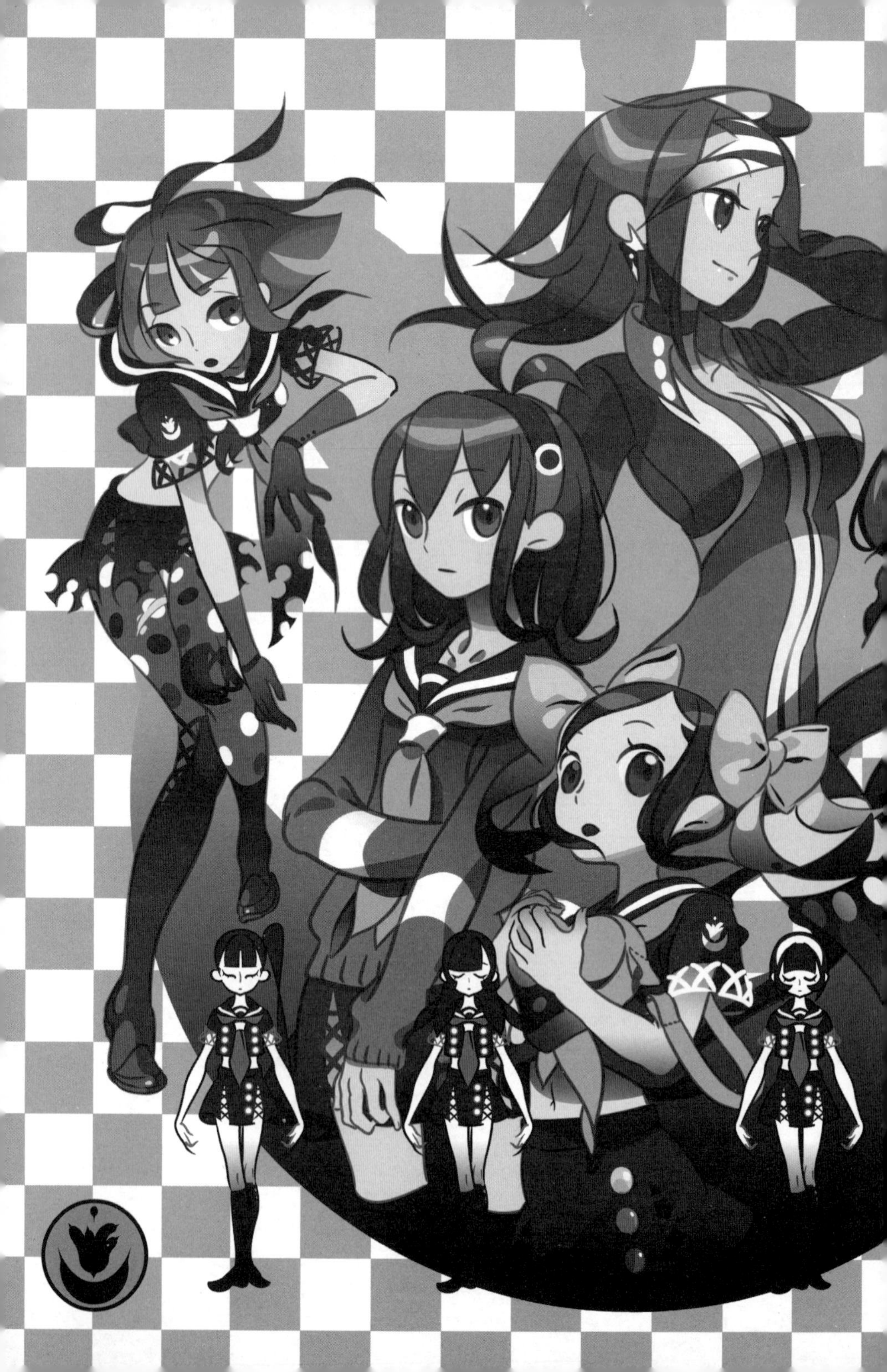

Kubitsuri Highschool

目录

第一幕	狂言解索	1
第二幕	子荻铁栅	19
第三幕	悬梁高校	49
第四幕	黑暗突袭	73
第五幕	背叛重演	107
第六幕	极限死亡	135
第七幕	赤色征裁	173
幕后	铃兰之誉	197

登场人物介绍

哀川润 ——————————————— 承包人

紫木一姬 ——————————————— 委托人

我（旁白）——————————————— 主人公

市井游马 ——————————————— "病蜘蛛"

萩原子荻 ——————————————— "军师"

西条玉藻 ——————————————— "黑暗突袭"

槛神能亚 ——————————————— 理事长

第一幕——狂言解索

我（旁白）
主人公

0

这个世上只有绝对。

1

咦……

我被像是某种震动的噪音吵醒，睁开眼发现自己正坐在车上。更加准确的说法是，我似乎正坐在一辆鲜红色眼镜蛇跑车的副驾驶座上。那么刚才的震动就是发动机工作的声音，也就是说这部跑车正在疾驰当中，换言之驾驶座上有谁正在开车。我放弃在脑中继续像这样没完没了地迂回，悄悄往驾驶座那边一瞥。果不其然，那里坐着的正是哀川小姐。只见她悠闲地吹着口哨（曲目竟然是恐怖的《平家物语卷一》的冒头[①]），一手握着方向盘，另一只手拨弄着

[①] 冒头类似于前奏，平家物语卷一的冒头如同钟声，用以形容诸事无常。——译者注

额发，似乎很在意被迎面吹来的风弄乱发型。

"嗯？小哥你醒了？早啊。"

"呃……早上好。"我轻甩着头回应哀川小姐，"那个……请问这是哪里？"

我用余光扫着闪过的风景，向哀川小姐提问。从车外的景物来看，现在是在高速公路上，一时半会还掌握不了具体位置，但可以确定的是至少没在我的公寓。嗯，不对，先别管在哪儿，我为何会跟哀川小姐一起乘着跑车兜风呢？完全找不到头绪。

"不好意思……我好像怎么都记不太起来。"

"哎呀，那可真是不得了啊！"哀川小姐夸张地大声说着，转过来看向我，"嗯，莫非你已经忘了吗？不过也难怪，经历了那么严重的事件，就算因为受到冲击而失去记忆也不能怪你。毕竟是那么严重的事件嘛！"

"那……那么严重的事件，是指什么？"

而且还加上了着重号。

搞什么鬼，虽然自己不太记得，但看样子我似乎又一次和哀川小姐一起被卷入了某个事件中。对啊，这样的话我坐在哀川小姐爱车的副驾驶座上就是情理之中顺理成章的事了。

"没错，那真是一言难尽的壮烈悲剧。"哀川小姐以十分严肃的表情盯着我，随后又轻轻摇了摇头，"要是我再晚一步，你可能就没命了……"

"可、可能会没命，这么一说我才注意到不知为何肚子从刚刚

3

开始就一直在痛。"

"没错，那是你受到敌人攻击留下的后遗症。那可不是简单的敌人，而是拥有可怕能力的'强敌'。不过放心好了，在你被我……不对，被敌人打晕的时候，我就已经把所有事情全部搞定了。"

接下来，哀川小姐为了在事件中受到冲击失去记忆的我，把这三天以来发生的事情巨细无遗地说明了一遍。虽然仅仅是三天里发生的故事，却又同时包含了战斗和战争的故事，是悲剧和意外的故事，是血肉模糊的故事，更是充满了爱和泪水的故事。听说我遭遇了无数次与死神擦肩而过的危机，但每一次都在千钧一发之际被哀川小姐所救，安然无恙地活了下来。从那样的鬼门关前爬回来居然还能够保持四肢健全，简直就像是奇迹。要不是从哀川小姐口中说出来，我大概绝不可能相信这样荒唐无稽的故事。

"原来是这样啊，我居然把这么惨烈的事情给忘得一干二净，实在是太不像话。我要再次向你道谢，润小姐。"

"喂喂，别说得这么见外，你是在说笑吗？"哀川小姐的肩膀在轻轻耸动，"以咱们俩的交情你还道谢就太没意思了吧？"

说完她转过头来，向我竖起了大拇指，露出灿烂的笑容并轻轻眨了眨眼，帅得一塌糊涂。不，不仅是帅，人也是那么善良，我从没见过这么善良的好人。说不定我一直以来都误会了哀川小姐，之前还以为她既刻薄又自恋，只会把我当玩具一样来捉弄，看来似乎有必要重新认识一下哀川小姐。

"哪里哪里，请一定要让我报答这份恩情。一倍两倍太少，四倍五倍不说，至少让我三倍报答你，就算你说不需要，我也会强行、强制、不容分辩地报答你的。嗯，要是有什么困难，请务必让我效劳。"

"是吗？我知道了，既然你都说到这个份上了，那再拒绝的话就践踏了这片心意，那样就是我的不是了……"哀川小姐一副苦恼的样子，"对了，说起来我这里刚好、非常碰巧有一件事只能交给你来做，你愿意接受吗？"

"当然愿意，请交给我吧。戏言跟班会为你赴汤蹈火，在所不辞的。"

"太好了。"哀川小姐微笑着。

不知为何笑得很邪恶。

"其实我们现在就在前往目的地的路上。那个，澄百合学园你知道吗？"

"这个嘛，只听说过名字。"

"除了名字还知道些什么？"

"我想想……"

澄百合学园位于京都近郊，是在顶级之上再叠三层顶级的形容，才配得上的专属于上流阶级的名门女校。换句话说学校里全是贵族大小姐。学园视升学成绩和身家背景重于一切，被戏称为"特权阶级培育学校"，我这种凡人跟那里完全扯不上半点关系，那里是一所无可匹敌的教育机构。

"哼，就知道这么点吗？"

"是啊。不只是澄百合，基本上所有学校都是贯彻排外的秘密主义，不会轻易向校外流出内部信息。就连我刚才说的那部分，都是偶然从玖渚口中听来的。"

"啊？为什么玖渚妹妹会知道这些？虽然那丫头姑且也算是大小姐，但她整天自闭在家里，跟学校扯不上关系吧。"

"那家伙是对制服感兴趣啦。别看她那样子，她可是运动短裤和水手服的死忠。还老嚷着'就差澄百合学园的制服没有收集到了啦'。"

"哦？那丫头也有收集不到的东西啊，这可真不像她的风格。"

"不过她好像还说过'只要本小姐的眼睛还是黑的，就绝不会放弃！'"

"可那丫头的眼睛不是蓝色的吗？"

"所以应该还是放弃了吧。话说回来，澄百合学园发生了什么事吗？"

"啊，嗯。我刚才说的想拜托你的事情，就是希望你穿着这身衣服进入学校，把某个学生给带出来。"

听到她说"穿着这身衣服"，我才注意到自己身上穿着的并非平时的衣服，或者说，自己正穿着违和感十足的衣服。上半身是颜色比黑色还要深的短袖上衣，胸口排列着左右对称的纽扣，带着襟线的领子异常地大，也就是所谓的水手服。自然，也少不了搭配的纯色领巾。而下半身则是跟上衣同样颜色的典雅百褶裙。不用怀疑、毫无疑问、轻而易举便可以看出，这不是男性穿的衣服。"

"这是澄百合学园的制服。哎呀，虽说小哥你身材纤细，我从来没担心过这个问题，不过还真是超合身啊。头发的长度也刚刚好，再垂点刘海下来就棒极了。没有个性的人在这种时候还真是好用。"

"为什么？"我一边平复心中的混乱心情一边问道，"为什么我会穿着这么花里胡哨的衣服啊？"

这次的主题是性别平权吗？人权问题可是相当棘手的领域，并不是年轻小伙子可以随随便便发表意见的。

"是我在你睡着的时候替你换上的。啊，是这样的，因为你之前穿的衣服沾到血迹弄脏了，我实在是没办法才替你换上的，绝不是在那时候就打算把你牵扯进来哦。"

"怎么会，我可没往那方面想。不过，我作为一个十九岁的健全男生，穿着这身衣服确实是有点难为情……"

"你在说什么呢，女装侦探不是推理小说的基本要素吗？可以说是没有例外的约定俗成，是王道中的王道啊，就连那位著名的福尔摩斯平时也都有穿着女装的。"

"我不认识那种福尔摩斯。"

"就算梦幻魔实[1]也都是每三集就有一集扮女装哦，虽说是在冒险活剧篇里。"

"我喜欢的是怪奇篇。"

---

[1] 梦幻魔实也是漫画家高桥叶介的漫画《梦幻绅士》里的侦探。——译者注

"还有那个灵界侦探[①]也是,去女校侦查的时候也都穿着裙子。"

"这能拿来参考吗?"

"另外JOJO[②]在第二部里也有穿女装的时候。"

"这也要参考吗?"

"零崎也说过他有女装癖哦。"

"请不要说这种几乎可以当真的谎话。"

"听说小光喜欢穿女装的男生。"

"请不要编造这种一眼就能看穿的谎言!"

总觉得好像看到了活生生的都市传说。

话说回来,哀川小姐未免也太热爱少年漫画了吧。

"没有办法嘛,毕竟是女校,男生总不能就这样直接闯进去吧。"

"话虽如此……"

等等,真的"话虽如此"吗?似乎有一些根本性的原则问题被跳过了。

"啊——真是的。啰啰唆唆的烦死人了。你不是刚刚还发誓无论我说什么都会听吗?"哀川小姐终于发起狠来,"怎么?难不成之前说的都是骗我的?"

虽然我十分肯定自己并没有发过这种践踏人类尊严的誓言,但

[①] 富坚义博的漫画《幽游白书》里的浦饭幽助。——译者注
[②] 出自《JOJO的奇妙冒险》。——译者注

正如哀川小姐所说，我也不可以恩将仇报。好吧，明白了，我点点头。的确，倘若潜入目标是女校，那即便是哀川小姐也无法轻易做到。学校这种组织一向具有强烈的排他性，澄百合学园就更不用说了。哀川小姐可不是套上这身制服就能潜入学校的（尽管我颇感兴趣），而换成我，也不能穿着平时的衣服大大咧咧地进去。虽然至今为止还不知道为何哀川小姐选上了我，但能帮到忙的地方还是帮帮吧，反正闲着也是闲着。

"拿好，这是伪造的学生证，通过正门的身份验证时得用到这个。"

"啊，谢谢。"学生证上贴着我的照片，准备得够周全，就像是早就做好了计划，"我想想，是要带一个学生出来吧？就是说这次的工作是寻人？"

哀川润的职业——承包人。简而言之就是无论多么艰巨的任务，只要报酬给到位便一律接下，是一份难以谈及高尚情操的职业。她平时的工作包括解决密室杀人案件、信息收集、与运输违法货物的中介谈判、铲除杀人魔、寻人等，可谓千奇百怪。可需要出动哀川小姐这般位于金字塔顶端的、人类最强的承包人才能找出来的人真的存在吗？

"说是'寻人'也不全对，不过差不多吧。澄百合学园是寄宿制学校，警备森严，从里面带个人出来算是大工程。若是可以来硬的，那我自己也能想办法，但对方说还是希望尽量以低调的方式解决问题。"

低调的方式——对哀川小姐来说的确是太难了。她的中心思想是"绞尽脑汁不如绞尽肌肉来得快",只要牵扯到她,甚至连需要逻辑推理的密室杀人案件最后也会变成硬核动作片。

"总之这次的任务就是把一姬,这是那位学生的名字,把那位叫紫木一姬的学生从校园里救出来就可以。"

"救出来这个说法,听上去就像是学校把这个女孩子给拘禁起来了一样。"

"也差不多吧。学校本来就是用来关住学生的设施不是吗?虽然校方都会美其名曰为保护学生就是了。"

哀川小姐言尽于此,没有详细说明下去。这也不是头一次了,这个人从来就没有什么职业道德可言,向别人进行说明和解释从来不是她的业务。

"反正就是这么一回事",这种单纯的特质似乎烙印在哀川小姐的身体里,对于被牢牢捆在理论和逻辑上的死理性派的我来说,绝对是望尘莫及的境界。

"算了,具体情况我就不问了,反正我也没那么感兴趣。我只要把那个——呃,是叫紫木来着?只要找到这个学生并把她安全带出来就行了吧?"

"我就喜欢这样明事理的小哥。啊,不过'把她找出来'的步骤可以省略,只要跟她会合就可以了。来,这个给你。"

伪造的学生证上又加上了一张同样大小的小纸片,是一张学校的地图,我想这恐怕是澄百合学园内部流传的玩意儿。小纸片上点了一个红色的记号,看来这里就是双方会合的地点,旁边还写着"二年级A班"。

"怎么把人带出来就看你自己的了,具体情况你去问一姬本人,那丫头应该可以解释得很清楚。"

从"那丫头"这种随便的叫法中,我察觉到了哀川小姐独特的亲昵感,似乎她本人跟那位女孩子也存在着某种关系。是不是朋友呢?若我猜对了,那这次的任务或许一半是工作,另一半则是私事。

"那么最后是这个……一姬的长相。"说着哀川小姐又在地图上留下一张照片,"只不过这是一姬十二岁时拍的照片,五年后的长相你自行想象就好。"

"正值发育期的少女,五年后不就完全变了个人吗?"

怀着不安的心情,我开始端详起这张照片,上面是一名十岁出头的小女孩稚嫩的笑脸。并不是讥讽的笑容,也不是纯洁的笑容,更不是刻意的笑容,有的只是一张纯粹的笑脸,一部分拥有特殊癖好的男性对此会把持不住吧。在这基础上想象少女经过五年成长之后的样子——高中二年级吗——我确信她一定已经长成一位美人了。

"怎么还看入迷了,难道小哥喜欢这种类型的吗?这次可不能乱来哦。"

"怎么可能,我可一点都不擅长对付比自己小的女生。"我把照片翻过来盖在地图上，"如果是年长的女生，我倒还可以考虑一下。"

"你这家伙的癖好是单纯到有点复杂了……总之，这件事就拜托你了。现在离学校还有一段距离，你可以再睡一会儿。"

"那也不错……对了，可以提个要求吗？"

"什么事？"

"任务完成之后可以把这套制服送给我吗？玖渚她一定超想要。"

"随你便吧。"哀川小姐笑了笑，便开始专心开起车来。虽然我们一直在高速公路上，但迄今为止她都没有在认真开车，真是让人后怕。我揉着余痛未消的腹部，把盖着的照片又翻了回来，再度确认紫木一姬的面容。

嗯，虽然有点不明所以，但我还是开始稍稍产生了一点兴趣。

没错，这个女孩子散发出来的气息……

"绝非戏言，说不定很值得期待呢……"

我用哀川小姐听不到的声音喃喃自语，把照片收进了胸前的口袋中。

2

所谓幸福的人生，究竟指的是什么呢？就绝对客观的角度来看，幸福和不幸之间存在着明确的区别。但无论一个人身处多么幸福的境地，倘若他本人认为自己不幸福，就只能算是不幸福的人吧。反过来说无论一个人身处多么不幸的境地，倘若她本人认为自己幸福，那她也算是幸福的人吧。

用幸福或不幸的标准来判断一件事，从始至终都必须依赖主观的判断。打个比方，买彩票中了头等奖的是幸福的人吗？在普通人看来应该算是幸福吧，但对他自己来说，若要切身体会到中奖的幸福，就必须在此之前经历过"彩票没中头等奖"的不幸才行。倘若他平时一直在不断地中头等奖，那对他而言就不再是幸福，而仅仅是日常生活中的一个片段罢了。反之亦然，敢问这世上又有多少人，会因为自己买彩票没中头等奖而唉声叹气、捶胸顿足呢？

说到底，人类只能通过比较来评判幸福或不幸，这也就意味着，世界上不可能真正存在平等这种概念，也不可能存在一切平等的世界观。若从人类全体而非个人的角度来看待幸福与不幸之间的联系，那结果就会是互相抵消，最后重归于无。

我穿梭在澄百合学园的走廊里，一边梳理着这些无关紧要的思绪。说不紧张是骗人的，但最终还是有惊无险地潜入了澄百合学园。真不愧是"人类最强的承包人"，连伪造的身份证明都做得完美无缺，甚至连并非出于自愿的变装都毫无破绽，刚刚就有好几次都被认作是这所学校的学生。跟好几个同样穿着深黑色水手服的学生擦肩而过，也没有任何人起疑心。

这么简单就让我混进来了真的没问题吗？我不由得开始多想，不过作为入侵者，这也不是我该抱怨的，有点厚颜无耻。我一边感到庆幸，一边用不令人起疑的速度快步在教学楼内前进。再怎么说我也不能直接在教学楼里把地图展开来看，所以只能凭着记忆来寻找会合地点——二年级A班的教室。如果有学生在自己就读学校的教学楼里对照地图东张西望，那他的脑袋八成是出了什么问题。

"至少从表面上看只是一所很普通的学校啊。"

冲着贵族千金学校和升学名校的名头，本来我还期待着能在这里见到更加新奇怪异的反常元素。不过仔细想想，试图在教育设施里期待意外惊喜本身就是大错特错，话虽如此，我也不否认自己多少是有点沮丧。

"原本还以为哀川小姐的委托会更加艰巨才对，现在看来似乎随随便便就能搞定，真是让人战战兢兢。"

我觉得自己果然还是无法理解"战战兢兢"的使用方法，不过也无所谓吧。我爬上楼梯，稍微迷失了一会儿方向，最后还是顺利找到了二年级A班的教室。附近没有其他人，时机正好。虽然这次行动没有必要刻意强调隐秘性，但低调一点总比引人注意要来得好。

话说回来，我还是觉得有点可疑，自己居然能光明正大地从正门进来，怎么想都不太对劲。既然能那么轻易地从外面进来，岂不是能同样轻易地从里面出去吗？原以为会有森严的门禁来限制学生们的外出，但看样子并非如此。若是这样，我想那位紫木一姬就不需要我，更不需要哀川小姐的帮助也能自己离开学校。既然能来跟我会合，换言之她并没有受到拘禁嘛。

假如我当时能够再稍微深究一下，或许就能够从这所学校弥漫着的"奇妙"氛围中，从背离了日常空间的空气中，察觉到一丝不和谐的气息。

但我并没有继续深入思考，而是伸手拉开二年级A班的门走了进去。同样是极为普通的高中教室，但我原本也没有正式上过高中，所以不敢妄下断言。

这种事怎样都好，令人无法视而不见的是教室里一个人都没有。

"咦？"

真伤脑筋，我刚刚才提起精神，做好了跟那位紫木大小姐面对面接触的准备。难不成她是躲在教室里的什么地方了吗？这也并非不可能，如果她躲起来，会躲在哪儿。

我还没来得及细想，便发现放扫除用品的大铁柜轻轻晃动了一下。在门窗紧闭空气不流通的教室里，柜子没有理由自己晃动吧。哼哼，原来你藏在这里，原来如此，说到底也不过是高中生，只会选这种地方藏起来。她大概是打算要捉弄我一番，看我过来接她却束手无策的样子吧。别当我是笨蛋，若是在三天前我说不定还会中招，但对于经过了这三天无数次从死亡边缘逃脱的经历后，我已经脱胎换骨了，这只算得上是过家家。

"咦？怎么会没人呢？这可伤脑筋了。"

我一边喃喃自语，一边悄悄地靠近大铁柜。嗯，这时候要是狠狠来上一脚，她肯定会被吓得跳出来，对小孩子的恶作剧必须要有相应的惩罚。我站在大铁柜的前方，正想着要用哪只脚来踢柜子，就在这时——

忽然毛骨悚然。

我感到一阵寒意，与此同时，后腰被什么东西给顶住了。被某种又粗又硬的——类似枪管一样的东西。

"不许动，把手举起来。"

我依言举起双手，没有转过头去。就算不转头，我也掌握到了一些信息。声音很年轻——不如说是带着稚气的女孩子的声音，从声音发出的高度来推断，她个子要比我矮很多。

原来如此，柜子是个诱饵，没想到无数次与死神擦肩而过的我，最后却又中了这种单纯的陷阱，着实是不正常的失误。不正常到让我开始怀疑，哀川小姐告诉我的故事其实都是编出来唬我的，是彻头彻尾的谎言。

"你是什么人？"

背后传来这句提问。"我是哀川润的手下。"我装作游刃有余的样子故作轻松地回答。

"不过此刻没有能够用来答复你的名字。我迄今为止，只有一次对别人说出自己的本名，并且以此为傲呢。"

"？"

刚做出故作玄虚的回答，背后被顶住的触感就有一瞬间的松懈。虽然还称不上是破绽，但我立即利用这个空隙，身体往左一闪做出回旋动作。原本抱着同归于尽的觉悟打算就这样发出奋力一击，结果还没完全转过身就由于太过紧张而脚下一绊，摔了个七荤八素。"敌人"没有放过这个机会，立马朝我逼近，并对准我的额头伸出了——一根竖笛。

"真是过分的问候方式啊。"

"对不起，因为小姬被教导遇到陌生人的时候要隐藏自己的气息从背后靠近才行。"

这名少女说着，"唰"的一下把竖笛向上一挥，又"蹭"的一下往斜下方一甩，动作犹如乐团指挥一般。

"啊，这样啊……"我拨开竖笛的末端，站起了身，"那我就来教你大人的问候方式吧。"

接着我从正面认真地打量起背着单肩包，穿着黑色制服的少女。

就是照片上的女孩子。没错，我不可能看错，虽然照片是五年前拍的，但她本人现在仍跟照片上一模一样，说是丝毫没有成长也不为过。比娇小还要小巧的身体，比稚嫩更加稚气的面容，以及——那张纯粹的笑脸。

"初次见面请多指教，紫木一姬小妹妹。"

萩原子荻
HAGIHARA SHIOGI
"军师"

第二幕──子荻铁栅

0

没有没有不需要有。

1

紫木一姬——小姬说她刚才藏在讲台底下。

"很容易就会被发现的位置呢,如果我进门后往左走两步,不就完全看到了吗?"

"正因为如此啦。正因如此,谁都不会觉得有人藏在这里。就连师父你也是最先把注意力集中到'可疑'的柜子上了吧?就是这么回事啦。"

"……"

"怎么了,师父?"

"没什么。"

前哨战结束后互相做自我介绍时,小姬大声主张:"小姬希望你能叫我小姬！"名字不过是一种代号而已,所以我认可了这个叫法,然而问题出在小姬对我的称呼上。

"师父"。

我在意的不是这复古的措辞,而是她说的"润小姐的朋友对小姬来说就像师父那种人一样！"这个解释完全不知所云。而且"像师父那种人"这个说法,丝毫感受不到尊敬的意思,我甚至怀疑自己是不是被她耍了。

"总之,我就是来带你出去的人,听说具体细节问你就行了。"

"嗯,是要小姬来说明啊。"小姬抱着手,完全是一副陷入沉思的样子,"可现在没有时间,小姬也不擅长说明,还是赶紧离开这里才比较重要吧?"

"是吗。"不知该说她是口才不济还是脑袋不好,我完全无法接受这种理由。但或许正如她所说,我也不能一直把哀川小姐晾在外面,"从正门出去需要学生证,你带了吗?"

"带着呢。"

那她自己一个人不也可以直接离开吗?之前的疑问再度浮上心头,但我感觉就算再问她也说不出个所以然。光凭这五分钟的对话来判断,我根本就不期待能得到什么像样的回答,因为她给我留下的第一印象就是——没法用语言沟通的女孩子。

"好了,我们走吧。"

"好的。"小姬像小狗一样绕到了我的背后。经过刚才的教训,我立刻戒备起来,但这次她并没有拿什么东西来戳我的背,

"出发啦！"

我偏着头感受她这份与所在处境完全不搭调的轻松开朗，准备离开二年级A班的教室。"不要引人注目，我们安静一点。"我叮嘱好她，才踏入走廊。之后只要沿着原路返回就行了，轻而易举。我不觉得还会碰到什么难关，完成任务是毫无悬念了。能够轻松完成任务我自然是乐意之至，不过这能算得上是报恩吗？我甚至开始觉得有点对不住哀川小姐。

"对了小姬，你跟哀川小姐是什么关系？"

"啊！"小姬完全不看场合，指着我大呼小叫，"师父你不可以这样！要是再这样直呼润小姐的名字，她可是会生气的！"

"这也没什么吧……啊，算了，就这样吧，反正她本人也不在。好吧，你跟润小姐是什么关系？"

"这个嘛，师父不是带着一张照片吗？她当时曾经救过小姬一次哦。那还是五年前的事情，真是令人怀念呢。"小姬继续不分场合地闭上眼，沉浸在自己的回忆中，"她就像是小姬的恩人一样。哼哼，如果是润小姐的命令，小姬就算是去死也毫无怨言。当然，这并不是小姬想去死的意思，而是因为小姬坚信润小姐不会对小姬下这样的命令。师父你呢，你跟润小姐是什么关系？"

"朋友，我们是朋友。只是交情还不错的朋友而已。"

"嗯？"小姬微妙地歪了歪头，果然反复强调三次只会让人更不可信。但我实在不知道除了这类毫无说服力的答案以外，还能怎么回答这个问题。我只不过是在机缘巧合之下认识了哀川小姐，之后替她工作、让她玩弄、被她欺负罢了，差不多就是这么回事。

倒是小姬，非但没有向哀川小姐报恩，这次反而又多欠了一个人情。这人怎么回事，该让她学习一下我是怎么做的。

正准备下楼梯的时候，我看到两名女学生从下面走了上来。哎呀，小心为妙。我止住话头，尽量避免跟她们对视，要装作若无其事地路过她们才行。

"找到了！"

仿佛是要把我的如意算盘彻头彻尾全盘推翻一般，女学生中的一人突然大叫起来。伸出来的手指，越过我指向了背后的小姬。我还来不及回头问小姬是怎么回事，她就一把抓住我的左手，然后扭头向楼上跑去，自己仿佛被人拖着——被一个娇小的高中女生给拖着跑实在是丢脸到不行。但我来不及多想，也不清楚现在是什么情况，就这样被小姬硬拽着跑上楼，简直像是要逃离那两人身边。

说是像，但实际上，就是在逃跑。那两名女学生也追了上来，两个人气势汹汹地跟在后面。虽然我不清楚小姬为何拔腿就跑，而那两名女生又是出于何种目的穷追不舍，但这样下去迟早会被她们追上的。

刚才那声"找到了"，意思是小姬正在"被搜寻"吗？哀川小姐这次交给我的任务是"寻人"，两者之间有何关联吗？不对，现在还在逃跑，哪有时间想这么多。逃跑的时候最该关注的事情就是不要被逮到，除此之外什么都不要管。然而跑在前面的小姬的速度实在是算不上多快，或者说实在是太慢，慢得一塌糊涂。这也难怪，毕竟她一步还迈不出正常人一半的距离。

"抱歉，失礼了。"

我加快脚步跟小姬并排跑着，然后揽住她的腰，一把把她抱了起来。

"哎呀！"

小姬发出一声奇怪的惨叫，但我没理她。她的身体就像看上去那样，甚至比看上去还要轻。若以身后的女生为对手，这种程度的负担都算不上是不利条件，倒不如说让这个负担在前面自己跑反而对我更加不利。接着我继续加速，很快甩掉了跟在后面的女学生。与其说是甩掉，不如说对方似乎没有穷追不舍，我在教学楼里没头没脑地跑了一会儿后，不知何时起身后就连半个人影也见不到了。

"跑到这里应该就安全了。"

听到夹在我腋下的小姬这么说，我停下脚步，把她放了下来。环顾四周，像是没来过的地方，毕竟之前跑了那么久。伪装成本校的学生，到头来还需要在自己的教学楼里拿出地图来找路，也是迫不得已。

"呼。"没有做准备活动就全力奔跑，我的心脏也开始剧烈跳动起来，虽说不算太疲劳，但我还是想休息一下，"可是，在走廊里休息也不是什么好主意，我们进那边的教室吧。"

"好的。"小姬直率地点头，"没想到师父你力气这么大，人不可貌相呢。"

"没什么好夸耀的，只是小姬你特别轻而已。"我一屁股坐上讲台,"那么接下来……咦,难不成小姬你正在被追捕吗?"

"对啊。"小姬再次直率地点头,"师父不知道吗?小姬现在正在被学校通缉哦,所以才会需要师父和润小姐的帮忙嘛。"

小姬的语气就像是在向小孩子说明理所当然的事情,然而我可从没听说过还有这么一回事。原来如此,这就能解释刚才那两个学生的反应了。毕竟是找到了被通缉的人,自然会有那种反应。

小姬并没有受到拘禁,换句话说,只是迄今为止还没有被拘禁。这么说小姬当时躲在讲台底下的做法,也并非是故意要吓我的恶作剧。在我前往二年级A班的路上擦身而过的学生们也是,虽然她们从表面上看不出什么端倪,但跟那两名女生一样,也都是在四处寻找小姬。这样啊,所以才需要我这个救助者。此时此刻,小姬是无法独自一人逃出学校的。

"搞什么,这种事情早点讲清楚嘛,那样我还能提前想些对策,现在不就只能眼睁睁地等着被抓吗?"

"可是师父带小姬出来的时候脸上写满了自信,小姬还以为铁定有什么良机妙策。"

"……"原来是我的错吗?不过从全局来看说不定真是这样。"不说那些。小姬你是做了什么坏事吗?居然被通缉追捕,这可不是什么小动静。"

"唔,小姬也没干什么坏事呀。"小姬低声说,"在别人看来可能是做过什么,但小姬不是很清楚。"

"难道是群体欺凌?"

无论怎么看，小姬也不像是那种会被欺负的女孩子，但光凭外表来做判断是不可靠的。若因为这里是千金小姐升学名校而妄下结论，那就是彻头彻尾的偏见了。

"要是欺凌……的话，小姬反而觉得不坏。"

小姬没有正面回答，给人的印象像是在刻意地转移话题。这种态度怎么说呢，仿佛潜台词是"不知道的事情还是不知为妙吧"，反倒像是在替我着想。

"这所学校……有哪里不对劲。尽管关于这所学校的特殊性，我事先也做过功课，但绝没这么简单。小姬，你能替我说明一下吗？"

"简而言之呢，这里是一所高中。"

简单过头了吧！

"不如反过来问吧。对这所学校，师父事先做过多少'功课'，又了解到什么地步呢？"

"这个问题，哀川小姐也问过我。"

我把当时对哀川小姐的回答向小姬复述了一遍。"就这么点吗？"小姬听完点了点头，跟哀川小姐说出了同样的话。但跟之前不同的是，她的脸上浮现出一丝阴霾。

"那师父，你听说过熟人……或者是熟人的熟人也可以，算了，就算完全不认识的人也行。你听说过有谁，哪怕只有一个人，通过了这所学校的入学考试吗？"

"嗯？我想想……好像——没有吧。"

"你那副似乎想说'不过是碰巧'的样子真的很失礼欸。那么,哪怕只有一个人,你有认识谁是这所学校的校友,也就是从这所学校毕业的人吗?"

"这个嘛……欸?"

奇怪,一个人也想不起来。不对,不该是这样的。别说在日本,就算是全世界范围内的知名大学,澄百合学园也都拥有着大量的推荐入学名额。作为这样的超级升学名校,它的毕业生本应遍布各行各业大放异彩才对,但我居然一个人都想不起来。这还能当作是碰巧吗?

"就是这么回事。"小姬继续说,"既没有任何人入学,也没有任何人毕业,这种高中,怎么都不可能是普通的高中吧。"

"可是,澄百合——"

"咦?"听到这里小姬露出了仿佛被狠狠地吓了一跳的表情,但又随即恢复正常,"啊,澄百合是这所学校的名字来着,都快忘干净了。说起来 '老师'们用的是这个称呼没错,但像小姬这样的'学生'是不会用那个名字来指代这个地方的。"

"那你们用什么名字?"

"'悬梁高校'。"

听到这个蕴含极度自虐意味的名字,我不由得为之诧异。

学校——贯彻着称之为洁癖也毫不为过的排他主义和秘密主义,闭关自守的密室组织,从外部无法窥见其中发生的事情。若加上"升学名校"和"贵族千金"这样的定语就更加遥不可及,也就是说，无论在里面做了什么事情，都不会轻易泄露出去，是这样吗？

究竟哀川小姐交给了我一份什么样的任务？

我总觉得自己被牵扯进了不合情理且毫无道理的事态中。说不定在我什么都还没察觉到的时候，自己就已经一步步地踏入错综复杂、支离破碎的地带而无法回头。

"唔。"小姬沉吟着，"唰"的一下挥起了自己的手指尖，又"噌"的一下恢复了原位。看来这是她的习惯动作。"这下麻烦了，小姬也不知道该怎么办，原本还以为这种程度的情报，师父铁定已经从润小姐那里听说过了。"

看来是信息的传达上出了差错，但我也没法责怪小姬。毕竟谁也不会想到被找来救自己出去的人会是像我这样的新手，能想到的人简直是异想天开。

"可为什么哀川小姐没有告诉我呢？我要是不知道这些情报，不就没法顺利完成任务了吗？"

没错，要怪就要怪哀川润。

那位散漫随便的大姐要负全责。

"嗯。不过小姬觉得，润小姐可能没想到事情会变得像现在这么严重。小姬去会合地点之前稍微算错了一点，学校的追捕力度比润小姐事先预计的要大很多，哪怕小姬已经藏得很隐蔽了，但最后还是被找到，同样现在这间教室也不能一直待下去。"

"你没办法跟哀川小姐取得联系吗？既然你们已经约好了会合

地点，那之前至少有过一次接触吧？"

"当时小姬还没有被追捕，所以是使用宿舍的电话来联系的。"

"嗯……"

并不是因为被追捕而想逃出学校，而是因为想逃出学校才被追捕，听上去像是这样的情况。如此一来，不就像监狱一样吗？不，说不定并非"就像"，而是这里根本就是监狱。

"原来如此。"

我嘴上这么说，其实却完全没弄清楚现状。眼下我只知道，这里并不只是单纯的学校，不是升学名校不是贵族千金学校，而是更加反常的地方。

"反常么……这种感觉越来越浓了。"

不过既然如此，那这里就是任我发挥的狩猎场了。虽然跟我预计的故事发展差了十万八千里，但无论前面是刀山火海还是万丈深渊，总之现在是上了贼船下不去了。

"没办法，我们姑且先在这里躲起来仔细地研究一下对策吧。不要慌，没什么好担心的，润小姐要是迟迟没等到师父和小姬从学校里面出来，一定会来救我们的。润小姐那么讲义气，肯定不会丢下我们不管。"

"你刚刚说，躲起来？"我从讲台上跳下来向窗户走去，然后背对着小姬说，"恰好相反，正因我们已经被发现，所以继续躲起来绝非良策。我们在这栋教学楼的行踪已经暴露，必须寻找

29

解决对策。"

我打开窗户，然后抄起旁边的桌子，从窗口扔了下去。经过了刚才没头没脑地狂奔，我不太确定这里到底是几楼，但桌子着地的巨响数秒之后才迟迟传来，似乎是在证明这里是相当高的楼层。我不以为意，又拖出与桌子配套的椅子以及后面的桌子，继续扔了下去。

"这、这是在做什么啊！"小姬一把抱住了我的腰，"这样做不是超级显眼吗！等于是在大喊着让别人来抓我们吧！"

"虽然我在今年三月才刚满十九岁——"扔完第六张桌子，我停了下来，然后解开了小姬并没有什么意义的轻量级钳制，"但在这十九年间，我可是净想着如何同别人钩心斗角才活下来的，只会思考怎样从别人手里逃脱，满脑子全是逃亡手段才活下来的。虽然我不知道这里是什么情况，但至少'地点'因素决不会变成我逃亡的障碍。"

在下方远处的地面上堆积起的桌椅周围至今还看不到一个人，但发出了那么大的声响，不可能会没有人注意到，寻找小姬的那帮家伙不用说也已经察觉。若是如此，那她们肯定会来正上方的教室进行搜寻，其中自然包括我们目前所处的这间教室，但同样地也包括其他的教室。通过故意露出破绽来让对方绕远路——过多的证据，冗余的线索，我采取的就是这种战术。

"所以现在这里很危险，我们赶快走吧。"

"好吧。可是小姬没怎么来过这边，所以不太清楚该怎么走。"

"没关系,我带了地图过来——"我一摸口袋,"现在没有了。"

何止地图,连小姬的照片都没有了,制服的胸前口袋里只剩下了伪造的学生证,似乎是在刚才的奔跑中不小心丢失。怎么这样,刚说完那样的豪言壮语,话音未落就栽了个大跟头。

"总之,我们刚刚是往上跑的,现在只要往下走就能离开教学楼了吧。先离开这栋楼,之后再凭感觉走一定会有办法的。"

"真是毫无新意。"小姬看上去很无奈,"不过师父比小姬想象的还要乐观,太意外了。"

"嗯,算是吧。"

我含糊其词敷衍过去。自不必说,我并不是什么乐观的人,真正乐观的人怎么会在十九年间都净想着怎么骗过别人呢?如果可以的话,我也希望就这样待在这里,安静地等待哀川小姐的援助。

可是——我还是想起了,小姬把这所澄百合学园称作为"悬梁高校"时,脸上浮现的阴郁表情。我不希望再看到她露出这种表情,一定是有哪里搞错了。这并非是要回报哀川小姐的恩情,而是我觉得自己必须要做些什么,仿佛怀着某种使命一般。

没错,大概是我无意间将两人的身影重叠了起来,将紫木一姬以及——被称为学者的那抹时代的蓝色。

因此这甚至都算不上是对小姬的保护欲,只是一种自我满足——不,对我而言这只是一种自发性的中毒症状而已。

真是让人无法忍受的戏言。

直到此时此刻，我都仍然没有感受到事态的严重性，对自己究竟被卷入了怎样的旋涡之中没有任何概念，对事情的来龙去脉、前因后果更是一无所知。在这种情况下，我的行为确实是可以称为鲁莽的愚蠢行径。尽管如此，但对像我这样一门心思消极避战的戏言跟班而言，这一定是极为珍贵的，绝不会后悔的体验吧。

　　哪怕并不会有这样的好事。
　　哪怕每次都会后悔。

2

　　"小姬其实也一样，不太清楚究竟发生了什么。"
　　若是要下楼，直接沿着原路返回是最省事的方法，但这种思路终究还是太过肤浅。所以现在的首要目标就是得找出跟来时的路不同的另一座楼梯，然而我们怎么也找不到。这么巨大的一栋建筑物，应该不止这一座楼梯吧。
　　之前一个人行动的时候，我是沿着地图上的路线来行动的，所以当时并没有太注意。现在我才发现，这栋建筑物完全就是一座迷宫。之前感受到的若隐若现的奇妙氛围就是源于这点吗？其实这栋建筑的结构本身并没有那么错综复杂，只是建筑本身很扭曲，非常扭曲，光是在里面行走就会感觉不舒服。明明是一栋崭新又规整的建筑，这样的设计，究竟有何意义呢？

"身在其中果然还是没法判断这里到底是什么地方不是吗？究竟是好是坏，是优是劣，是幸福抑或不幸，都必须要有比较的对象才能分辨出来。所以小姬自己对这所学校无法做出判断，也没办法好好进行说明。"

"我是觉得没必要往深处考虑。"总算在前方发现了楼梯，我一边留意周围的情况一边回应小姬，"事情究竟是怎样，实际上一点也不重要，关键在于到底适不适合自己。只要小姬自己想逃离这所学校就已经足够了，接下来就是想方设法排除万难实现目标。"

无论是怎样的人，都该允许他们拥有逃跑的自由——还有这一句话我没说出口。

"不过话说回来，我现在算是明白这里并不是教授正经知识的学校，那么小姬，你在这一年中到底学到了什么呢？"

"之前不是说过了嘛，比如'看到陌生人的时候要隐藏自己的气息从背后靠近才行'。"

原来这不是代替问候的玩笑吗？

嗯，虽然没有细想，不过大致上来说当时我的生杀大权的确掌握在小姬手上。当然，竖笛是无法用来杀人的。

合不合法的问题姑且不论，这就是说——所谓的澄百合学园，其实是用来锻炼某种特殊技能的培育部门。或是类似于训练所的地方吗？

曾经被排名末位的我败坏了名声的ER3系统，即大统合全一学研究所也有同样的一面。可谓是游走在合法和非法之间的灰色地带组织，也有着一个被称为MS-2的部门，负责将人类的精神层面和肉体层面同时强化到极限——差不多就是专门制造"苦橙之种"的地方。虽然不像MS-2那么极端，但是针对人类性能极限的测试，所有部门都有在进行。就连作为留学生的我，也曾接受过某种特殊训练，虽说直到最后都还是吊车尾。

然而，如果这里是那一类设施，那在这所学校的背后，究竟隐藏着怎样的幕后黑手呢？既能维持如此庞大的设施，又能保持机密，这样的组织很可能已经达到了玖渚机关的层次。若真如此，则采取敌对的态度本身就是错误选择，没错，只能夹着尾巴灰溜溜逃走，除此之外别无他法。

可是，这下可算是挂羊头卖狗肉，发展进程与我预计的根本就是背道而驰。幻想中潜入女校跟不谙世事的大小姐之间令人头晕目眩、喜上眉梢的体验自然是镜花水月，但搞得像是战争时期的陆军学校一样就太过分了吧。算了，说不定比起羊肉还是狗肉比较美味。

"太奇怪了。"刚下了一层楼，我就察觉到不太对劲，"明明闹出了那么大的动静，却一点反应都没有——甚至整栋教学楼里都察觉不到别人的气息。"

"师父可以察觉到别人的气息吗？"

"我胆子很小，所以对别人的视线或是气息都会很敏感……可是从刚刚开始完全感受不到。虽说并不是想被发现，但我原本还以为至少得突破几层防线才对,明明那两个人都已经目击到小姬你的行动了。"

即使对方不知道我们的具体位置,至少也该再多点反应吧。

"没有追兵不是正好乐得轻松吗?真是甜食地利人和。"

"啊,是天时地利人和吧……算了,这不重要。不过再这样继续下楼会相当危险,总之在这一层绕一下吧。"

"所谓的直觉吗?妇科学的发言呢!"

"你是想说不科学的发言吧。"我看向小姬,"小姬,你难道是在美国长大的?"

"哇!师父为什么会知道?"

"……直觉。"

言归正传。

以目前的状况来看,对方设下埋伏的可能性相当高。仔细一想就明白,既然小姬"逃离学校"的目的已经暴露,对方就没有必要再穷追不舍。再联想到之前两名女学生在追我们时半途而废的原因,有埋伏这种事可以说是板上钉钉。

这样的话我就更不能按照对方的步调来行动了。

"……这可不行。"

我一向最讨厌麻烦的事情,对风口浪尖唯恐避之不及。然而被牵扯进如此棘手的事态之中,我竟然稍稍变得愉悦了起来。

是因为小姬的缘故吗?我一边在走廊上转弯一边想。把原因归结到他人身上一向是我逃避责任的方式,但只要见到被逼入绝境也不为所动，身边围绕着无穷无尽的开朗气息的小姬，失落也好烦恼也好沮丧也好，仿佛都成了无聊可笑的事情。这，绝非戏言。

真的太像了。

无论是与实际年龄相比幼稚许多的面容，还是那天真无邪的性格，天然单纯的言行，小姬跟"那家伙"相似的组件实在是太多了。只是纯属巧合吗？我原本还一直以为，绝不会有"那家伙"的同类存在的……

总觉得有一种不协调的感觉，就像是把X乘Y的结果跟Y乘X的结果搞混了一样。

"师父，你怎么了？怎么这样子一直盯着小姬看……啊！难、难道！"

"没有什么难道。"我马上提出否定，我可不打算在现在的基础上进一步降低自己的风评，"说起来这里是几楼？从窗外的景色来看，应该不止是三四楼而已，以京都的标准①可是相当高的建筑了……不过都已经到了郊外也无所谓吧。"

"这就是所谓的吾尽其用、好高吾远呢。"

"乍一下没听出什么问题，但你读错字了。"

嗯？小姬歪过头来……

就在这时，离我们最近的教室的门猛地被打开，从里面冲出四个人——跟我和小姬一样都穿着黑色制服，四人一齐狠狠地咬上了小姬。她们扑向小姬的动作凶狠粗暴，只能用咬这个字才足以形

---

① 京都的城市规划中存在大范围的建筑物高度限制。——译者注

容。小姬连反抗的时间都没有，就被四人合力摁在地上，手脚被死死钳住动弹不得。

"……！"

有埋伏，我虽然想到会有风险，但怎么会是在这种地方？埋伏在教学楼的出入口就算了，在这种不前不后的地方设下埋伏毫无意义，正因如此我才判断这条路线或许比较安全，才没有继续下楼。

"——正因如此吗？"

可恶。居然被以其人之道还治其人之身，真让人不爽。

而且重要的是埋伏的四个人全部都扑向了小姬。虽说我不是力大过人的类型，体格也称不上有多好，但无论怎么看都比小姬这个彻头彻尾的小孩子要强吧。她们把我抛在一边全部去对付小姬就意味着——

教室里还有其他的伏兵。

而且，还是凌驾于这四人力量之上的伏兵。

"师、师父——"

小姬刚一开口嘴巴就被捂上，而那四人连看都没看我一眼，这表明她们对教室里的某人十分信赖，甚至认为根本没必要关注我的行动。

别开玩笑了……

要比玩弄心机，我岂会输。

"——吾乃萩原子荻。"

教室里的那人——她一边自报家门一边走了出来，随后打量起了我。她用令人毛骨悚然的冰冷视线，不慌不忙而又仔仔细细地打量着我，仿佛是在评估货物的价值一般。身上穿着的是与那四人同样的黑色制服——证明她也是这里的"学生"。而她那直垂脚踝的长发是那么异乎寻常的艳丽，甚至让我无视了自身处境，稍稍看入迷了。同样令人着迷的——还有子荻全身上下散发出的，宛如武士刀的刀尖一般无比魅惑的气息。

倘若把小姬比作那抹蓝色，那眼前这位，则可以说是像那抹深红一般。

"姑且，算是在扮演军师的角色。"

"哼……'军师'吗。"我微微点头，被对方的气势所逼迫，向后退了一步，"看来，我们是完美地陷入了你的'计谋'，被欺骗地自投罗网了吧。"

"……哎呀，你该不会是男生吧？"听出声音有异的子荻才注意到这一点，"我已经很久没有遇到同龄的男生了，你们几个也来见识见识。"

子荻对着压制住小姬的那四人，做出这种莫名其妙的指示——不对，对方可是报出了"军师"的名号，不可能会做出莫名其妙的指示，其中搞不好隐藏着某种意图。

"好了，庆纪、芦花、阿弥、朱熹——请你们四个把这个女孩子带到老地方去。手脚一定要固定好，可不能掉以轻心，这边的男生就留给我来对付。"

四人点点头，按照子荻的吩咐把小姬拉了起来，就这样拖着她向前方的楼梯走去。我没有试图阻止，毕竟眼前，还有一个巨大的阻碍。

直到这时我才注意到，这四人中就有刚才在楼梯上遇到的两名女学生，于是我转向子荻问道："刚刚你叫她们的名字——是真名吗？听上去假得一塌糊涂。"

"呼——真是好险。"子荻没有回答我，甚至看都没看我一眼，就像完成了一件重要的工作一样叹了口气，"总算是在'病蜘蛛'出现之前就把问题解决了——顺利结束比什么都好。"

"……你是不是忘了什么事情？"

"嗯？啊，你还在啊？好的好的……"子荻露出与年龄不相称的微笑，看似彬彬有礼地转过来面向我，"嗯，我会把你送到正门，请你回去吧。"

"……"

"我是在说——这次的事情就算了，赶紧给我滚蛋，现在听懂了吗？你这女装癖。"

"随便就被人误会真让人头疼。"我刻意压低声音说，"我可不是那种好说话的人——况且我最讨厌的就是本来胜券在握最后却输给对手。"

"真是小心眼，我们应该会合得来。"

话没说完，子荻就已经行动了起来。她以行云流水般的步法——的确是武术中的招式，迅速逼近，一把抓住我的手腕绕到背后，接着就这样锁住了我的肩关节。上一秒自己还好好地站着，结果一瞬间就被人制住动弹不得,更别说对方还是那么瘦弱的女孩子。我甚至都不能怪她偷袭,因为她瞄着的正是我的疏忽大意。

"虽然我身为'军师'没有接受过专门的实战训练——不过还算是有练过一点防身术。"

"这所学校连那种东西都教的吗?"

"对这个问题我的回答是'这里只教那种东西'……不过,你这个样子可不行。"说着子荻加重力道,一阵阵剧痛从我的肩膀上传来,"明明已经无路可逃却还是这样目中无人的态度,不知死活,你是一点也不懂该怎么求饶吗?"

冷冽的声音,压倒性冷冽的声音。我对这所学校再次改观,培育部门也好,训练所也好,这种不温不火的说法已经不足以形容这里了。这所学校在这种意义上,简直就是——战场。

"那么,慈悲为怀的我为了表达对你比我年长的敬意,决定给你两个选择,要不臣服于我,要不看着自己的肩膀被卸掉。"

"——你是哪国的总统吗?"

"哪里哪里,我不过是名小头目罢了——甚至连小头目都算不上,只是一名军师。"

"那也不错,正好做我这个连箴言也玩不来,纯粹只是戏言跟班的对手。"

"咔嗒"一声,我的肩膀更痛了。明明自己喜欢耍嘴皮子却讨厌别人对自己耍嘴皮子,子荻还真是任性。

"说起来我倒有一件事不明白。"子荻稍稍放松对我的约束说，"事件中掺杂进了未知的因素，或者说不确定的要素，这对军师来说可不常见，毕竟不确定就会产生不稳定。"

"……"

"你到底，为什么能潜入这所学校？"

子荻问出了这个问题。她问的不是"怎么做到"，而是"为什么"。仿佛这件事从根本上动摇了世界本身的存在一般，因而她并没有问我潜入的方法，而是在问更加根本的东西。

"也没什么，我只是用了伪造的学生证……加上又穿着制服，所以才没被发现吧。"

"你的意思是，光凭这种把戏，就能够瞒过这所学校的学生们吗？还是说你在嘲笑这里的安保系统水准太差？"

的确——以我目前所知的澄百合学园，该说是"悬梁高校"的真实情况而言，我不觉得凭借自己这种程度的变装就能够顺利潜入。即便不开口说话可以隐瞒我的真实性别，但我身为外来者的身份本应会被轻易看穿才对，子荻会对此产生疑问并非没有道理。但是对此我心中也没有答案，甚至我自己也想知道为什么，只能说是纯属巧合吗？

"你该不会要说，这是'纯属巧合'吧？"

一边说着，子荻又把我的手腕给扭了上去。她本人似乎是打算把力度再控制好一点，但对被制住的一方是不能承受之重。我的另一只手够不到背后的子荻，而脚也踮着无法做出反击。她这一招是非常高明的格斗技巧，新手绝对使不出来。

然而正因为是格斗技巧，所以必然存在反制招数。

"其实答案简单得很。"我平静地说，"只可惜子荻其实笨得要命，所以才会想不明白。"

"咔"的一声，我感觉身后仿佛传来了血液涌上脑门的声音。下一个瞬间，子荻抓着我的手又狠狠地扭了九十度，紧接着"啪嗒"一声，我的肩膀发出了脱臼的声音。

"欸？"

这声错愕的惊呼，来自令我肩膀脱臼的元凶子荻。

之前被抓住的手臂通过脱臼反而获得了自由，我立刻反过身来面向子荻，对准尚未脱离错愕状态的子荻前胸，用还没有脱臼的另一只手拼尽全力毫不留情地揍了上去。任她再怎么伶牙俐齿，说到底不过是个十来岁的小女生。只见她的身体如同朽木一般被击飞出去，在走廊里不像样地滚了好几圈。

"——唔！"

然而真不愧是子荻，她似乎在落地之时卸掉了力道，马上又撑起上半身，狠狠地盯着我。我若无其事地无视她的视线，张开没受伤的手臂，装作游刃有余的模样。

"你刚刚问我的问题，我仍旧只能回答你那是'巧合'。不过我可以回答现在你心中的另一个疑问——我上个月被牵扯进某个事件的时候两边手臂都脱臼过一次，虽说现在已经忘掉了自己受伤的原因……总之那之后就变成了习惯性脱臼，现在我正处于比较容易脱臼的状态。"

"呜——"子荻发出呻吟,"所以你是故意挑衅我,来让自己脱臼么——"

"你之前说自己是'军师'吧?我的定位也差不多,所以非常清楚,一旦有任何超出自己预料的情况发生,就会导致极大的混乱。'明明就这点力道还不至于脱臼才对'——这种想法我可是感同身受,了如指掌。"

话说肩膀痛得要命,但我还是面不改色、得意扬扬地进行了讲解,心里一边盘算着"那么接下来该怎么办"。虽然以出乎意料的行动成功摆脱了对方的钳制,但并不代表自己占据了优势,反倒可以说是火上浇油。必须要趁着现在子荻还没有从混乱中平复,凭着自己的三寸不烂之舌,说服她按我的想法行动才行。

若是说服不了她,那我就追不上被那四个人带走的小姬了。

"原来我是正义的英雄吗?"

我自嘲地低声自语,没想到这样的我也会想要去救助别人——居然会有这样的想法。原本未曾设想过会有这样的机会摆在我面前,这份想法仅仅只是随波逐流吗?就如同一直以来的我一样,并非出自真心,只是单纯地顺着局势随波逐流吗?

子荻以怪异的眼神看着这样的我,却又在下一瞬间突然瞪大双眼,目光越过我的头顶,似乎是在看向更后面的地方。

"——挺努力的嘛,小哥。"

漫不经心地说着仿佛是"街上偶遇熟人的寒暄"一般的台词——身后的人"砰"的一下,把手搭在了我的肩上,正是脱臼的

43

那一边，疼得不是一星半点。

"哀川小姐……是你吗？"

"不准用姓氏叫我——我跟你说过多少次了？嗯？"

肩膀上的手开始发力。

"你说得是——润小姐。"

我与背后的哀川小姐进行对话时，视线一直没有离开子荻。然而子荻却没有盯着对面的我。这是自然，身为军师的她不会做无益的事情，在人类最强的眼皮子底下还三心二意简直愚蠢至极，她又怎会允许这种事情发生呢。

"哈哈哈……果然让你一个人来还是不太放心，所以我就跑来帮忙啦。"

"拜托别闹了……你要是不放心，一开始就该自己来嘛……"

"这个愉快的话题我们回去再聊。你说，现在怎么办？我想想，你是叫子荻来着？你应该是知道我的吧？"

"……嗯，我知道你。"子荻盯着哀川小姐说道，"赤色征裁，刚'入学'的时候就听说了。"同刚才面对我的时候相比，她的眼神犀利程度完全不是一个等级。似乎……与我对阵的时候，其实是有放水，甚至还游刃有余。

"这可真是荣幸。"哀川小姐一副开玩笑的样子，对着子荻揶揄笑道，"所以，军师子荻，你接下来要用什么计策呢？"

"三十六计——走为上。"

子荻理直气壮说完这句话，干净利落地站了起来。从她的态度，以及她的表情里，丝毫看不出任何畏惧和胆怯，可谓是坚定不屈，或者说桀骜不驯。我还是头一次看到在哀川小姐面前尚能保持如此姿态的"敌人"，何况她还是尚未成年的小女孩。

太过异常。

"你以为你逃得了吗？"

"当然可以——因为那边的女装癖已经受伤了不是吗？"子荻微微一笑，"赤色征裁非常讲义气——这点我还是非常清楚的。"

"……"

"然后还有你。"子荻盯着我说道，"你对我所做过的事——可千万别忘了，请牢记在心。"

"啊？"

我对她做了什么？

硬要说的话我才是被害者吧。

"那么后会有期。"

说完子荻转过身如同脱兔一般飞奔而去，裙子和长发上下翻飞。我原以为哀川小姐铁定会追上去——但她就这样一直把手搭在我肩上，完全没有任何动静。

"润小姐，让她跑掉没关系吗？"

我慌张地转过头看向哀川小姐，但是就在这时……

"师父！"

不知道从哪里窜出来的小姬向我飞扑而来，打断了我的发言。即便小姬再怎么身轻如燕，但她这一下实在太过突然，直接就把我

45

给扑倒在了走廊的地面上。

你这死丫头搞什么把戏，是要蓄意谋杀吗？我心里骂道，然而抬头看到小姬趴在我身上，眼泪扑簌簌地掉个不停，我一句话都没能说出口。

"呜哇哇哇……啊。"小姬一边啜泣一边摸着我脱臼的肩膀，"肩、肩膀……对不起，都怪小姬——都是、都是小姬的错……"

"……"

等等，你摸我脱臼的肩膀会很痛的——

为什么，到底是为什么，连这种事情都不明白呢？

小姬死死抱着我不放，我发现她制服的袖子有些破损，是刚才被那四个人拖走的时候弄破的吗？哀川小姐一定是早我一步击退了那四名名字奇怪的学生，救下小姬，可是看上去小姬也不是毫发无损。

"……啊，这点小事完全不要紧的！"

终于冷静下来了吗，小姬注意到我的视线，想要把破损的袖子藏起来。

"只不过是擦破了一点皮而已！"

"看起来不是很痛吗？"

擦破一点皮也是受伤。

"……"

她就是这个样子。

一眼望不到头的开朗、活泼、单纯。

天真烂漫，纯真无邪，即便如此……

即便如此，她也绝不是少根筋的人。

就像现在这样，比起自己更关心他人，把他人的伤痛当作是自己的伤痛。明明这样做没有任何意义，而我受伤也不是因为她的缘故，原本一切都是我的自作主张，但她不这么认为。不否定任何、不计较细节、拥抱一切、包容一切——

不对，等等。

这是在说另一个家伙吧。

这不是小姬。

小姬跟那家伙，明明是，不一样的。

"呜、呜哇哇哇！"

情绪再次涌上心头，仿佛是想把自己的眼泪藏起来一般，小姬又用力把头埋进了我的肩窝。

"所以说，真的很痛啊。"

明明是不同的人，为什么我还会产生这种心情？

如同戏言一般，内心强烈动摇。

"一姬，放开他，你是打算拆了小哥的肩膀吗？"哀川小姐揪住小姬的水手服衣领，把她强行从我身上拉开，接着又以同样的方式把我也强行拉了起来，"努力虽好，但也不能乱来啊，老是脱臼的话可是会变成慢性病的。来，我帮你接回去，你给我待着别动。"

"……"

待着别动——用不着她说这句话，我就已经僵在了原地。正确地说，在我刚看到哀川小姐身姿的一瞬间，全身就陷入了僵硬状态，仿佛是中了超能力者充满恶意的咒语。

没错，正是咒语。

哀川润穿着水手服的样子，就是有这么大的威力。

AIKAWA JYUN
哀川润
承包人

第二幕──悬梁高校

0

艺术始于模仿亦终于模仿。

1

若要说不自然——此时此地,最不自然的是什么呢?

是身为戏言跟班却反被戏言玩弄的我吗?是毫无道理摘下人类最强名号的承包人吗?是试图从这反常的学校里逃脱的小姬吗?还是前来追捕的子荻她们呢?然而无论如何,在这所学校的区域内,在这所"悬梁高校"的领域里,都难以称得上异常。

"——呼,接下来,怎么办才好呢?"

哀川小姐取下自己制服上的领巾,当作三角吊带托住了我的右臂,然后发出抱怨。虽说是抱怨,但她看起来既不苦恼,也不困扰,倒不如说是乐在其中。

"说得也是。"女高中生风格的哀川小姐也挺不赖的,我一边想着，一边接着她的话说道。原本以为这种风格绝对不适合她，但事实证明，只要有像哀川小姐这等程度的美貌，无论穿什么都能轻松驾驭。怎么说呢，没错，人生就是这么扎心。

"既然放跑了那个军师小妹，那我的行踪应该也暴露了吧。本来还可以用小哥当诱饵蒙混过去的……"

"啊……非常抱歉，都是我的错。"我马上道歉。

不过刚才这个人，是不是说了把我当诱饵？

"真是头疼，这下可如何是好。"

小姬也跟着附和，但从字里行间完全听不出她的紧迫感。这两个人，好像脑袋里就没有危机感。哀川小姐姑且不论，小姬这样就不对了吧，从刚刚轻易就被人抓住这一点来看，明明她自己并不具备像子获那样的战斗能力。

"难道小姬，你其实力大无穷吗？"

"才没有呢，力量什么的小姬完全不需要。"

"因为现在是知识的时代吗？"

"没错，过去有一位伟人这么说过。"

小姬又做出那个标志性动作，手指"唰"的一下举起来又"嚓"的一下挥下去，然后"咻"的一下朝我指过来。

"姿势就是力量！"

"……"

她该不会是想说"知识就是力量"吧。

实在不像是有知识的人会说的话。

"嗯，小姬因为跟不上进度，所以很不喜欢这里想要退学。可学校一直不给批准，明明痛快点放小姬出去也没什么大不了的，却说什么出于保密之类的原因不让走。所以没办法，只好找润小姐来帮忙。"

"就知道依赖别人。"

"啊，小姬可不想被师父这样说。"小姬挥动着手指，一副我什么都不懂的样子，真是手势丰富的姑娘，"啊，顺便一提，刚刚那位萩原同学呢，是这所学校所有'学生'中最优秀的，三年级的学姐呢。"

"嗯……"

"所以呢，师父，仅仅是肩膀脱臼而已，没有什么好沮丧的。虽说对手是个女孩子，但能力的差距摆在那里。不对，与其说是能力不如说是层次不一样。不对不对，比起层次应该说是物种本身的差距吗……"

"……"

我可要来气了，死丫头。是因为哀川小姐的出现让她现出了原形吗？还是被揭开伪装露出了破绽？刚才哭成那样又算什么。

"唉，总之还是放弃正面突破吧。"哀川小姐懒怠地拨弄着自己的额发，说，"萩原子荻——全校第一之类的头衔不足为惧，但那种类型的家伙不管怎么应付都很棘手，尽量还是不要和她交手。"

"啊，所以之前才会让她逃走吗？不过，润小姐也会有觉得棘手的对手吗？"

"……当然有。就是那种明明什么都不会却又自信满满——内在空空如也却又不可一世——这种浑身充满了矛盾的对手恰好是最棘手的，因为实在是搞不清对方的想法。"说着哀川小姐眯着眼睛看向我，"我说的这种人，可是包含你在内哦，小哥。"

"呃……可是这么一来，我跟子荻岂不是成了同类？"

我倒是觉得子荻跟哀川小姐才是一个类型。

"哎呀，这只能说是年少无知的鲁莽吧。我的盛气凌人与她的桀骜不驯，意义上是截然不同的。就这点而言，你跟那家伙可以说正是同类，尤其是聪明反被聪明误的特点，简直如出一辙。嘀，还军师呢，别说笑了。好了，本来还以为只要让小哥把一姬带出来就行……既然事到如今无法正面突破，那我们就反其道而行之。"

"反其道？"负责接话的是小姬。

"那是什么意思？"负责发问的是本人。

"其实这种方法也算是正当手段——那就是由我们这边主动出击，攻入教职楼直接找'理事长'谈判，主张小姬的退学权利。是不是非常简单易懂？"哀川小姐嘴角一翘。

我连惊讶的声音都发不出来，然后再一次，虽然不知道到底经历过多少次，总之就是再一次，心悦诚服甘拜下风。倘若说我自始至终，仅仅是通过看穿对方的想法逃避一切而活到现在，那么哀川小姐的一生，则仅仅考虑的是完全相反的事情，正面迎向对手发起挑战，堂堂正正高傲自负地发动进攻，这就是她心中唯一的念头。

"可是润小姐——"

"没关系，一姬，我从很早以前开始就不喜欢那家伙了，你也不爽那家伙很久了吧？现在有机会彻底干掉那家伙，可以说是再幸运不过。好了，就这么决定了——我们出发。"

哀川小姐一个人迅速通过自己提出的方案，迈步向前。我和小姬这才反应过来，慌忙跟在她后面。在场的众人谁是主角谁是配角，似乎在悄然不语间就已经决定完毕。

姿态、思想，以及行动的背后。

是强悍霸道而又坚韧牢靠的特质。

自信自负绝不掺假。

这就是哀川润，浑然一体毫无矛盾。

2

接下来的路程，可以说百分之一百二是哀川润的个人秀。

能够确定的是，整所学校中没有谁能够阻挡哀川润的脚步。无论是有机物还是无机物，均可谓是一触即溃。从教学楼的一端到另一端，沿途出现的碍事的学生们全员如同割草一般被放倒、被驱逐、被戏耍、被击退。就连设置在楼内的各式各样的陷阱也被踩在脚下蹂躏，丝毫构不成威胁。仅仅是，凭借着绝对的力量，就把敌人弄得人仰马翻、天翻地覆、遍地狼藉。经过这一番犹如台风过境一般的故事展开——或者说是有如故事展开一般的台风过境，我们离开教学楼，通过连接的走廊，来到了"教职楼"的后门。

挥尽笔墨也毫无意义，费尽口舌都难述分毫，哀川小姐就是这样具有压倒性及嘲讽性的存在。在她现身之前，仅仅以几个学生作为对手，我和小姬就那么惊慌失措、束手无策，相比之下简直像是毫无可取之处。

"什么叫'简直像是'，师父，我们本来就是毫无可取之处嘛。小姬也好师父也好，到现在为止不都是什么用场都没派上吗？"

"在进行客观说明的时候最好避免过于直截了当的说法，暧昧不明才是戏言跟班的基本原则。"

"小姬才不是这种奇怪的角色！"

竟然说我奇怪。

"话说不愧是润小姐，比起小姬上次看到她的时候又磨炼得更加强悍了。真是八面玲珑、无往不利。"

"该说三头六臂才对吧。"

"啊，没错，八面玲珑是说的师父。"

"⋯⋯真没礼貌。"

"哦，那师父一点都不八面玲珑。"

"哎呀⋯⋯总之对我自己究竟具不具备八面玲珑的特性，我既不承认也不否认。"

"那到底是不是呀？"

"你们两个吵死了。"哀川小姐在教职楼的入口前方驻足，埋怨道，"两位关系好我没意见……但你们不觉得很奇怪吗？我从刚刚起就一直有种微妙的感觉。"

"是指什么？"

"你们不觉得刚才来攻击我们的都是学生吗？很奇怪吧？如果只是以小哥和一姬为对手，只派学生来当作实战训练也不是不可能……可这里还有我欸？我可是哀川润欸？至少要派些'老师'或者'警卫'来让我对付才是基础的礼仪吧？"

完全不清楚她到底是太过谨慎还是太过自信。不过正如哀川小姐所说，想要阻挡我们前进的敌人全都是清一水的年轻小姑娘，每个人都穿着黑色的制服……跟小姬、哀川小姐还有我穿的一样。

……咦？

跟我穿的一样？

"等一下，哀川小姐。既然我们的侵入行径暴露了，那我岂不是，已经没有必要再穿着这一身了？"

"啊……继续穿着也不错嘛，挺可爱的。"

"可、可是……"

"哇呀，小哥真是萌死人！"

"……"

被她这么一说我也不便再坚持脱下来了，不如说更像是被她强迫不准脱下来。虽然我觉得自己好像又一次被玩弄，还是先回到刚刚的疑问上。

哀川小姐的策略——并非从外部逃出生天而是从内部直捣黄

龙——最大的好处是出乎敌人意料，也就是攻其不备。对方一直认为自己是追捕的一方，是狩猎的一方，正因如此，他们绝不会想到自己会反过来遭到攻击，想必到现在还觉得我们只是在四处逃窜吧。就是说，这只是对方缺乏危机意识吧？以为就算对手是哀川润，自己也不可能反过来成为猎物。

"大概就是这样吧，啊啊，真是麻烦。"

"说是麻烦——这不是挺好的嘛，没有强敌来找我们。"

"一姬，我说的麻烦啊。"

哀川小姐单脚猛地向后一撤，然后对着门板一脚飞踹——接着"哐当"一声，铁门就这样被踹倒，发出"嘎吱嘎吱"的声音逐渐散架……这扇门是彻底锈坏了吧，肯定是的。

"说的是不得不这样把门踹开。这扇后门连个钥匙孔都没有，还得偷偷摸摸像蟑螂一样溜进去。"

"……"

原来如此，哀川小姐原本似乎是打算从正面入口光明正大、威风凛凛地报上自己的名号直接闯进去，然而一个"老师"都没出现，我们也没有被任何人发现就抵达这里。既然没有暴露行踪，那也只好从后门进去。她大概是觉得很可惜吧，真是爱出风头的家伙。

"理事长办公室在最顶层，那家伙就喜欢高的地方——走这边。"

不愧是记忆力超强的哀川小姐，跟我完全不一样。她似乎已经把整张地图完整地复制进了脑内,熟门熟路地走上了楼梯。小姬跟在后面,嘴里念叨着"唔,人往高处不胜痛快!"这样似是而非的谜一般的句子。

"还得避开职员办公室才行……啊啊麻烦死了。管他有什么计谋有什么陷阱,有多少人马多少物资又占了几分地利,倒是派上用场给我全部放马过来啊。"

"那样故事就讲不下去了啦。"

虽然我不知道哀川小姐和小姬之间有过什么往事,不过看她们插科打诨的模样,似乎交情非同一般。即便是很久没有见面,彼此之间却没有任何不适应,或是生疏的感觉。这么说来她们从刚刚算起既没有久别重逢的寒暄,也没有回顾往事的叙旧,但我感觉这样反而体现出了两人之间的亲密关系。哀川小姐那样的大姐头,正是容易被小姬激发出保护欲的类型,要说适合的话两人还挺适合的。

"……嗯?"

慢着,若是这样,那我现在岂不是,变成了可有可无的角色?这可不妙,我都已经牺牲色相穿成了这个样子,实在是太糟糕了。为了体现自己存在的意义,我主动向哀川小姐提出疑问。

"那个,听刚才所说,润小姐你好像认识这里的理事长。这位理事长,究竟是什么样的人呢?"

如今在我的想象中,理事长铁定是充满了恶趣味的人。把年纪轻轻的女孩子聚集到一起进行特殊教育,搞什么鬼,给自己建后宫吗?

"她叫槛神能亚，今年三十九岁，是女的哦。"

"槛神这个姓，莫非是那个……"

没错，哀川小姐转过身来对我点头。

"赤神、谓神、氏神，然后就是槛神。她身上流着的就是所谓四神一镜中最末位的槛神家族的血统。不过她并非是直系，而是旁系的血脉，所以跟本家的联系也很薄弱。这所学校本身跟槛神一系其实没有太大关系，反而跟神理乐的关系还比较深一点。"

"神理乐……那不就是日本的ER3吗？"

神理乐与ER3系统的不同在于ER3是实体组织而神理乐是网络机构，但两者所做的事情并没有什么太大的区别。这么说来，这里的架构和制度跟ER3……也是差不多的么？

"没错，据说这里的毕业生有四成会进入神理乐工作，其他的则分散到各个机构……而其中最优秀的学生则会去ER3那边，毕竟论社会上的名气和地位都是那边比较高。那个叫萩原的家伙，之后大概也会是其中之一吧。"

哀川小姐好厉害，跟我完全不一样。不光是学校的内幕，甚至连"毕业生"的去向都调查得一清二楚。哼，按照一般性的定义来讲，这里所做的事情跟"培育人才"倒也差不多。就这点而言倒也可以说是培育部门，把它称作"教育机构"也不算说错。

可是，不允许学生退学，想要逃跑就抓回来，还有学生自封为军师，甚至被自己的学生用悬梁高校的称呼来自嘲。这所学校，当真称得上是一所教育机构吗？

"最初这所澄百合——悬梁高校的前身是由能亚的母亲创立的。那个时候相对而言……至少跟现在的情况相比，还算是一所比较正经的学校。一年半之前，能亚的母亲上吊身亡，学校由能亚继承之后，便开始变得不正常。具体怎么不正常，现在也很难说清楚——"

"是气氛变得不正常了。"

小姬的语气难得如此斩钉截铁。虽然从背后看不到她的脸，但想必一定，又是那副阴郁的表情吧。小姬目前是二年级[①]的学生，那在她入学的时候理事长就已经换人了。

"'入学'之后没多久，对小姬而言这里就不再有学校的意义，可小姬一直在忍耐。结果情况却越来越失控……小姬才不会把有朋友死去的地方叫作学校。"

"正是如此。"哀川小姐用力搓着小姬的头，接上话头，"不过呢，到底是不是异常，只有置身事外才能看清楚。没有对比，便意识不到正常和不正常之间的区别，通常人们自然会认为自己才是正常的一方。而这所学校本身就是无法从外界窥探的密室，身在其中，便会在疯狂中越陷越深——最后一发不可收拾，就演变成了现在这副样子。"

"……除了小姬之外，就没有其他的学生意识到这里的'异常'和'疯狂'吗？还有其他学生想要退学吗？"

---

① 日本中学的学年制度与中国不同，为每年的四月至次年的三月。本故事时间点为六月，按照时间推算，理事长在小姬入学时就已换人的说法无误。——译者注

"啊，有啊，以前有过。"

小姬这一句冷淡的回答，已经足以让我闭嘴。

"刚刚虽然那样说……但我自己其实也没有讨厌槛神能亚到那种程度。当然我是不太喜欢她的做法，很想好好说说她。那家伙只会把人视作简单的数字，把人的死亡视作统计的数据。在她眼里看来，死一个人跟死两个人只是数字上的差异，数据就代表了一切。不过话又说回来……我也并不是不理解那家伙的理想。"

"你们算是……老相识了吧。"

"算是吧，虽然两年前就分道扬镳了。"

"这可是久别两年的重逢呢！"哀川小姐开玩笑道。但她说这话的态度，我总觉得有点做作。明明哀川小姐在骗人这件事上就连身为戏言跟班的我都望尘莫及，为什么她还要故意显露出做作的感觉呢？我完全无法理解。

"不过润小姐，还请你不要感情用事啊。"

"你以为你在跟谁说话啊，混蛋！今天的谈判目的是让学校接受紫木一姬的退学申请，至少这点我还记得。"

"这样就好。"

我感觉自己像是顺利完成了戏份的男人，然后伸了下懒腰，对着半天没出声的小姬搭话。

"喂，如果能离开这里，小姬有什么打算？"

"……打算啊。"小姬回答道，"我要做好多好多开心的事情。"

她的语气仿佛在说，自己没有做过一次真正"开心"的事情。

"每天都要过得像星期一那样开心。"

"那不是最不爽的日子吗？"

嘴上诚实地吐着槽，我的思绪却已不在此处。被刺激了，我心中最脆弱的部分——那份怀念的心情，被精准地刺激到了。真的……不仅只是相像，小姬跟"那家伙"几乎是一模一样。这样的话，对我来说，不正是一个忏悔和赎罪的机会吗？尽管我不认为，毁掉一个人的罪孽，能通过拯救另一个人来抵消。说到底，我也不懂得拯救别人的方法，可是——

"别胡思乱想啦，小哥。"

哀川小姐一语惊醒我。

"看，我们已经到顶楼了——"

哀川小姐毫不费力地打开了安全门。无论任何技术都掌握到极致，这就是无所不能的承包人哀川润。不管是读心术、声线模仿还是开锁，都无人能出其右。

在走廊上没走几步，只见眼前矗立着一扇厚重的大门，怎么看都不像是普通学校里会出现的东西。防弹自然不在话下，这扇看上去连核爆都能扛下来的铁门，把内外空间完全隔绝开来。

哀川小姐用不大不小的力度敲起了门（难道说哀川小姐最近热衷于敲门吗？），但里面没有回应，当然没有回应。

"那我进来啰。"

哀川小姐正准备握住门把手直接进去，然而门上并没有门把手，岂止是门把手，连钥匙孔都没有，就像之前通过的后门一样，整个门上只安装了一块用于掌纹识别的面板。

"哎呀,这下连我也没辙了。"

"有这么厉害吗?"

"就算是我,也没办法改变自己的掌纹呀。一姬,这个系统是怎么运作的?"

"整座教职楼都是这样的设计。"听到哀川小姐问她,小姬详细解释道,"系统设计成只有老师本人可以开锁和上锁。把手掌按在识别器上,门就会上锁,再按一下,就是解锁。"

"呼,就是说绝对不可能有备用钥匙吗……要是把玖渚也带过来就好了。"

的确,玖渚若在这里,就可以直接入侵到计算机系统的内部,轻轻松松地打开这扇门。

这么说来,关于这所学校的内幕,玖渚到底知不知情呢?虽然我之前听她说起这所学校的时候,并没有听到任何内情。不过也有可能是她不愿意告诉我,自己知道却避而不谈而已。不管怎么说,既然这所学校有着如此内幕,那也难怪会收集不到制服了。我总算是明白,玖渚为何会早早放弃收集这里的制服。

欸?那哀川小姐又是怎样拿到制服的呢(而且还是两套)?

自己做的?

"这扇门,可以从里面上锁吗?"

"能不能呢?应该是可以的吧。"

63

"是吗？那她到底在里面吗，还是说出门去了……净给我添麻烦。"

　　直到此时我才发现，身后居然还有一个监控摄像头。我赶忙告诉哀川小姐，她却嫌我大惊小怪，丢下一句"那里的线路早就被切断了"。仔细一看，摄像头确实是没在运作。

　　"我在去救你们之前就已经把这些琐碎的工程全部搞定了，警报也给停了，多余的事情用不着你操心。啊啊可恶，这样子岂不是进不去了。"

　　"可是我们敲了门里面也没反应，理事长是不是不在里面？"

　　"不对，能亚那家伙与我一样，对逃跑是没有半点兴趣的。难不成是坚守不出？还是纯粹的轻敌……不管是什么原因，可以确定的只有她在耍我们。"

　　我可生气了——哀川小姐喃喃自语下定决心，然后从衣服里面拿出了一个黑色的块状物体，一个四四方方的，一只手刚好能够握住的，俗称电击器的物体。粗暴的外观足以令人产生本能的恐惧。

　　"……难得见到润小姐还带着武器啊。"

　　"嗯，这次是例外。因为要把某个人完好地带出来，总之……这个你别管。接下来，把这个东西……"

　　哀川小姐把电击器的尖端抵到掌纹识别器上，然后按下开关。刹那间电火花四散飞溅，竟让人一时无法直视，紧接着才传来"啪啪啪"的闷响。等到我恢复视力，识别器已经彻底粉碎，散发着令人不快的烟雾。

　　"这个东西的威力真是惊人……"

"嗯，毕竟是我自己特制的，而且还是没有解除限制器的状态。如果用在人身上，消除个两三天的记忆都是轻而易举。"

哀川小姐说得这么厉害，但无论怎样这也太夸张了，怎么可能有人会被电击器给电得失去记忆呢。

接着，哀川小姐用一种敷衍了事的态度窥视着识别器内部。

"嗯，线路烧得恰到好处。剩下的就简单了……线路的设计是我阵流吗？平凡无奇、毫无新意。好吧，你们稍等一下。"

然后哀川小姐就这样直接把手伸进了识别器内部，空手在里面来回拨弄，看上去随时都会有触电的危险，她的皮肤是镀了一层特殊的绝缘膜吗？过了一会儿，哀川小姐说道："好了，开锁完毕。"随后伸手去拉门。考虑到这扇门非同寻常的厚度，一般来说肯定是自动开启关闭，但现在线路都已经被烧光，自然也不会再有这个功能。

"嗯，果然还是很重……"

哀川小姐双手发力，把门扉往侧面拉去。大门就这样慢慢被打开，嘎吱嘎吱地发出完全不像是开门声的不祥的声音，不断地在走廊上回荡。

"……"

真是了不得的神力，半点也不像是接下来要进行谈判的人所应有的态度，摆明了是对房间主人的挑衅行为。哀川小姐本来就是容易血气上头的好战分子，果然最后还是会变成这样，我的内心开始焦虑起来。搞什么，她真该学学那个人间失格的做法，那小子的手法还是很高明的。

"哇，润小姐一点都没变，还是那么一往无前。"

就连信奉哀川小姐的小姬，看到这一幕也傻眼了。不过她惊讶的表情中又掺杂着一丝心安，"果然这才是润小姐的作风"。

门被推开了一半，随后我和小姬跟在哀川小姐身后，一起走进了理事长办公室。

然后我们发现了，槛神能亚的尸体。

"……"
"……"
"……"

槛神能亚的尸体以极为残酷的方式陈列在房间内，浓重的血腥味充斥鼻间。如此浓郁的气味居然没有漏出去一分一毫，真是不可思议。

槛神能亚那长长的黑发则缠绕在天花板的日光灯管上。不再有生气的面孔十分年轻，怎么都看不出已经有三十九岁的年龄，但现在这已经无关紧要了。

看到如此惨烈的一幕，除了恐怖和惊愕之外，还提得起其他的念头吗？

"有谁。"哀川小姐用冷静的、完全不包含任何感情的声音问道，"有人从这个房间里走出去过吗？"

我默默摇着头,小姬也一样。三人互相之间都没有看向彼此,面对眼前的尸体,我们仿佛被钉子钉在了原地一般,纹丝不动。

"哈,别说笑了。"

哀川小姐用几不可闻的声音狠狠骂道,然后开始在房间内巡视,即便靴子被血弄脏也丝毫没有在意。桌子底下,沙发里面……所有藏得下一个人的地方她都没有放过,逐一检查过去。

接着她从我旁边经过,向门口走去。我的视线没有离开她,只见她似乎是在检查门锁系统。哀川小姐之前破坏的是外侧的结构,屋内的部分相对而言似乎没有受到什么影响。

"哼哼……原来如此,真是无话可说。"

哀川小姐喃喃自语的时候,我才终于意识到一个事实。在小姬的面前,在这单纯的少女面前居然暴露着如此凄惨的尸体,这实在是太过于残酷——然而,亲眼看见这一切的小姬,眼神异常冰冷。

"啊啊……"小姬嘴里漏出几声呻吟。

她给人的感觉,仿佛接下来就要说出"搞什么,已经死了吗?"之类的话来。这种反应,就像是得知某个自己不感兴趣的大人物其实早就已经不在人世了一样。

"……结果到头来,还是开始了吗?"

"小姬……"

"不用担心哦,师父。"说着小姬面带微笑地看向我,忧郁的微笑中带着一丝阴霾,"小姬虽然是吊车尾,但好歹还是这里的学生,不会因为这点事就被吓倒的。"

"……是吗，那就好。"

哪里好了，一点都不好。然而我迈不出，迈不动，没有办法向小姬的内心更进一步。只要简单地问她一句"你现在在想什么"，一切问题都能迎刃而解，但我连这也做不到。

除去伪善与戏言，用真心与他人接触，就相当于互相伤害。所以我不希望用拙劣的方法迈出这一步伤害小姬——更重要的是我自己也不想受伤。

保持现在的状态就好。

背后突然传来一声"咔嚓"的声音。

是哀川小姐关门的声音。

"这下事情可变得棘手了——是吧。"

"啊，说得没错。"我接上她的话，借以逃避刚才的心情，"没想到理事长……居然已经被杀。这么一来我们冒险闯进这里岂不是没有意义了……"

"怎么会呢，这种事情本无所谓，大不了换个方式就行，为了达成目的，可以使用的手段可是无穷无尽的。真是的——连这个房间都被轻易弄成了这副样子。原来如此，这大概是某方势力下的指示吧。"

"……这是什么意思？"

"小哥，我现在最在意的一点就是——这是一起密室杀人事件。"

"——啊？"

我不小心发出白痴一样的声音。

这也不能怪我吧,虽说大门的确是由掌纹控制,而我们强行打开上锁的大门之后,就看到了室内的惨状——嗯,考虑到这扇大门似乎并不能自动上锁,我承认这起事件可以称为密室杀人事件。可是这种事情,根本就无关紧要吧?现在的问题是,槛神能亚已经被杀,别说谈判了,我们就连与之敌对都做不到。

"现在不是讨论密室这种无关紧要的问题的时机吧?难道哀川小姐是因为熟人被杀而陷入混乱了吗?请振作一点,这一点也不像你——"

"别用我的姓氏叫我,用姓氏叫我的只有'敌人'。"哀川小姐眼神犀利地盯着我,"我现在冷静得很,听好了,小哥。我平时说密室这种问题无关紧要,并不是我有什么偏见,而是因为那种密室根本毫无意义,我只是在嘲笑而已。比方说四月份鸦濡羽岛上发生的事件,当时那间密室有什么意义吗?那只是'为了密室而密室'罢了?这种情况下我所寻求的不是出现密室的必然性,而是其存在的意义。通过不可能实现的手法来排除自己的嫌疑,这的确能作为一种制造密室的动机来考虑。但无论做什么,无论怎么做,找不到的证据永远不可能变成不存在的证据。这种小把戏,实在是毫无意义可言,所谓聪明反被聪明误——说的就是这种人的下场。"

不得不说的确如她所说。

"不过眼下这个密室,可是有很深的意义在里面,甚至足以直接扭转事件的走向。我问你,我们是怎么进到这间屋子里的?"

"这个嘛，是润小姐破坏门锁进来的。"

"没错，这很明显是'非法入侵'的行径……而且是打算从学校里逃出去的，可疑的'非法侵入者'的行径。然后房间里出现了被残杀的尸体，这种情况下谁的嫌疑最大，你不觉得已经不言自明了吗？"

"……啊。"

是这个意思吗？

也就是说制造出目前这个状况的某人——通过设置密室的方法，已经成功地把杀人的黑锅甩到了我们头上。啊，的确，现在这种情况下，除了我们之外还可以怀疑谁呢？

"润小姐，这是……"

"就是说，我们被摆了一道。"

然而哀川小姐似乎对此并没有感到屈辱，反倒像是在称赞幕后的主谋一般，"真是的，别说笑了。"她讥笑道。

不对……这么说，我们现在的状态岂不是正如哀川小姐所说，不，比她说的还要更加糟糕？我终于在这阵混乱中察觉到危机感，本来就在被子荻她们追捕，现在甚至又背上了杀害理事长的嫌疑——

"哎呀呀。"哀川小姐叹了口气，便开始还原理事长残缺不堪的尸首。

"……切口还真是够粗糙，是用刀具……或者说是用链锯干的？嗯，考虑到这一过程的工作量，大概还是链锯吧。"

"从现场的惨状来看，确实像是用链锯干的。"小姬也点点头，"会不会是先把人吊在天花板上再用链锯切下来的呢？"

两人说得很轻巧——但这不该是很残忍的话题吗？

"那种日光灯管能够承受住一个人的重量吗？"

"如果把力度分散的话……我想应该可以。"

"……这下可真是让人伤脑筋啊，能亚。"

哀川小姐既不是对着我也不是对着小姬，而是对着槛神能亚的尸体说起了话。当然，尸体并没有回应，但哀川小姐没有在意，继续自顾自地说了下去。从我的角度看过去——她脸上带着的笑容，看上去有些悲伤。

"明明还差一点你就能实现自己的'理想'了……可惜功亏一篑。就算我说这才是人生有意思的地方，你大概也不会懂吧……原本还有些话想要对你说……不过现在就算了，一切还是让它过去好了。"

说完哀川小姐往下一蹲，接着用力一跃，解开了缠绕在日光灯管上的头发。物体顺势滚落到地板上，哀川小姐将其捧起放到了尸体旁边。

"呼，我看看还缺了哪些零件……倒是还有几个关节的部分没有找到，这样一来。"

哀川小姐——哀川润的脸上，浮现出我迄今为止从未见过的、远超平常的、最邪恶最凶恶最险恶的一抹微笑。

"事情就愈发地有趣了。"

第四幕——黑暗突襲

西条玉藻
SAIJYO TAMAMO
"黑暗突袭"

0

欲知详情，请问神明。

1

三小时之后，天色已经完全暗了下来，我与紫木一姬以及哀川润仍驻足在理事长办公室里。我们早已习惯房间里的血腥味，也逐渐能接受眼前展现的这一幅异样的光景，虽然这样的习惯和接受，并非是我们的本意。

小姬还是一如既往地挥动着自己的手指，她对现在的状况又是怎么想的呢？虽然看上去只是在消磨时间，但说不定心里也正在盘算什么。

哀川小姐则不愧是哀川小姐，她正啃着从房间架子上找到的食物，现在吃的好像是很高级的点心。在这种情况下还能若无其事地吃东西，这个人到底怎么回事，该说是神经过于粗放，还是说根本就没有神经？到底是怎样的呢？

"润小姐，你打算在这里待到什么时候？"

"哈？这个问题你还要问几遍啊。"

哀川小姐往嘴里塞进一块饼干，就这样四肢着地爬过来凑到我面前。

"怎么？难不成你肚子也饿了？我懂我懂，肚子饿会让人变得更加焦虑。"

"我肚子不饿——"

"来，张嘴，啊——"

哀川小姐往我张开的嘴巴里，塞进了她吃过一半的饼干。

真好吃。

"我说了我肚子不饿！明明现在都不知道子荻她们追到了哪里，我们却一直留在这里——留在案发现场，这岂不是更加可疑了吗？"

"你这家伙也是什么都不懂啊，就知道说这也不行那也不行怎样都不行，满脑子负面想法，叫你负能量王子好了。一姬，你也来说说他。"

"师父，这叫作善恶终有号，不是不叫，时候未到。"

"我听不懂你在说什么。"

这丫头是故意这么说的吗？

"所以我跟你说，小哥，现在这种情况下最忌讳的就是没头没脑地到处乱窜。用象棋来打比方，我们刚才可是被狠狠'将了一

75

军'啊。即便没被将死，也已经是岌岌可危的局面，此时必须要经过深思熟虑方可行动。"

"就是说我们现在并不是坐以待毙啰？"

"对，这叫以逸待劳、以静制动，不必慌张。"

说着哀川小姐便一骨碌躺到了地上。虽说已经干了，但她就这样躺在沾满了血迹的地毯上，我实在不认为她的脑袋还算正常。

"要不干脆报警算了……"

"这种事件中不可能会有警察出现的吧，已经出场的人物里，这个也好那个也罢，根本就没有一个是正常人，连这所学校本身也不正常。虽然很可怜，但这个故事里并没有沙咲的出场戏份。"

"等等，怎么就没有一个正常人了，我不就是普通人吗？请不要把我也牵扯进来，至少在这次的事件中，我可是个完完全全的局外人啊？这种场合就该让警察来发光发热，不然我缴那么多的税是为了什么？谁缴的税金多，对谁就比较有利。"

"你有在缴税吗？作为未成年人很了不起呢，不过啊，小哥，你是不是忘记了什么？"

唔，对。这所学校背后可是与槛神跟神理乐两大招牌都保持着良好的关系……考虑到这点，相较之下我缴纳的税金可以说是九牛一毛。这么一想，沙咲小姐和她的搭档果然还是没有出场的机会，不过那两人也不适合出现在这次的事件。

"你说的我能理解……但咱们也不能永远待在这里吧。"

"不是说过了吗，我已经把门修理好上了锁，没有别的地方能比这间屋子更安全。不管怎么说毕竟是悬梁高校理事长大人的休息室嘛，隔音防菌又防弹，要说安全的话还有比这更安全的吗？"

"可是理事长，就是在这个最安全的地方被杀害了……"

哀川小姐所说的"安全"应该不光是指物理上的安全，也有心理上的定义吧。的确就连神仙也万万不会想到，身为逃亡者的紫木一姬一行人，居然会潜入学校的中枢，躲在"教职楼"最上层的理事长办公室。从这个意义上来说，待在这里伺机而动的策略正可谓是"出其不意，攻其不备"。

只不过若要我来说——真正的"出其不意，攻其不备"并不只是这样。仅仅是避开对手的预测，故意反其道而行之，还算不上是出其不意攻其不备，这无非是单纯地进入了对方的"盲区"而已。而且一旦稀里糊涂地闯入盲区，反而会变得无法自由行动，逃到安全区却又被安全区本身束缚起来，这点我可是感同身受。不过我说这些，在哀川小姐面前不过是班门弄斧罢了。

除此之外，还有一件事情我非常在意——跟槛神能亚的密室分尸案件同样在意。

"看来总算是，在'病蜘蛛'出现之前就把问题解决了，顺利结束比什么都好。"

这是当时子荻说的那句自言自语——不知是出于安心还是松懈，她忘记了我还在附近，自言自语说出的那句话。

"病蜘蛛"——总不可能是某种新式的机动战士吧。就是说，某个连军师子荻都不愿招惹想要封印起来的东西，现在就在这所学校里活动吗?"

"我说你啊……明明喜欢把事情说得那么暧昧,却偏偏又很在意结果。"

哀川小姐的语气听上去很郁闷。

"什么意思?即便是润小姐说的话,我也没法听过就算了。"

"你自己不也曾经说过'我已经习惯了等待'之类的话吗?嗯,实际上你倒也是个很有耐性的人,就算真让你当愚公去移山,你大概也能做到吧。不过这些假设的前提是你自己知道故事的结果。一旦前途未卜,你就会开始不安。虽然你擅长等待已知的东西,但当面对未知的时候,你就开始束手无策。"

"说得好像很懂我一样呢。"

"我就是很懂你啊,构成你的基础是'达观'和'妥协'。所以既不知道该放弃什么,也不知道该顺从什么,现在的情况对你来说很难受吧。不过呢,嗯,必须得好好努力才行,要努力哦。"

看来她本来还很郁闷,说到一半又恢复了正常。可就算要我努力,我也不知道到底该往哪个方向努力才好。

"师父不可以吵架哦,润小姐也是。"小姬插进来劝说我们,"大家要好好相处,三个人可不能自乱阵脚。"

"你说得对,和和气气岂不美哉。不过小哥,你想从这间房间出去也是你的自由,我既不打算限制你也不打算留下你。虽然我这里不是谁想来就能来,但想走我是不拦的。不过既然是你自己决定要出去,到时候可别期待着还能得到我的庇护。"

"……"

"可是呢，小哥，我要先提醒你，待在这所学校里的人们，有人担负着某种目的，有人背负着某种信念，还有人没得其他选择。所有人都沉溺于这个和平幻想中的国家，却又都义无反顾地踏上这条危险的道路，大家全都是非人类。"

"非人类吗？"

"小哥你之前说这里是培育部门或是训练所之类的地方吧。这点你没说错，但实际上这所学校还有另一个作用，而且是更重要的作用，那就是充当伪装网。伪装网的意思就是——这里说是在培养学生，但其中的佼佼者已经完全是作战部队的水平了。"

这么说的话……这哪里还是学校，分明已经是华丽的私人武装？全部由年轻女孩子组成的作战部队，这是什么年代的故事啊。但我不会这样问，因为这就是现代的故事，尽管这也够奇幻的。

"你要是把她们当作比你小的女孩子而放松警惕的话，可是会阴沟里翻船的。只要你和一姬还待在这间房间里，本人哀川润就会负责保障你们的安全，还是老老实实留下吧，别再继续说笑了。"

"……小姬你呢？"我转而问向小姬，"你有什么意见……或者提议吗？要说这里的地理环境，你在这里待了一年还算熟悉吧？"

"唔，都交给润小姐就好了。小姬是学艺不精的吊车尾，师父处理这种事情也是外行，所以小姬觉得还是听从专家的意见比较好。"

正确的言论，正确到令人恶心的程度。也是，能令人心情愉悦的正确言论，我打从生下来起就没听到过。

"而且润小姐说这里是安全的地方，小姬也很同意。说起来这里作为悬梁高校的中枢，就像是秘密墓地一样。"

"是秘密基地。"虽然写出来还挺像，"学艺不精吗……不过若是自己能做出这样冷静的判断，倒也不是那么值得自卑的事情。"

"小姬并不是在'自卑'哦。如果拥有太强的'力量'，人类很容易就会失控，那样就不太妙了。所以像小姬这样就是不多不少刚刚好。"

失控——是吗？

失控就是内心失衡进而行动失序。

她说的没错……多余的过剩的"力量"——就因为拥有能力而陷入癫狂的人，我可是见过太多，比如那座岛上的天才们，又比如那位人间失格。而拥有足以匹敌整个世界的力量却又丝毫不为其癫狂，完美地取得平衡的人——唯有哀川小姐一人。

"力量不足，倒不如说是小姬自爆的一点哦。"

"你是恐怖分子吗？"

从字面上推测，她是想说自豪吧。

"不多不少刚刚好，是吗？"

这么说来，我又算哪种呢？哀川小姐之前说我是"明明什么都不会却自信满满——内在空空如也却不可一世——这种浑身充满了矛盾的存在"。这只能说是最糟糕的情况，但我没有陷入癫狂。我觉得没有。应该是没有。

"要是没有就好了。"我喃喃自语道，然后还是一如既往地，以一句"纯属戏言"收尾，停止了思考。

2

假设现在存在一个主张杀人是错误行为的戏言跟班，那么当他被问到下列问题的时候会如何作答呢？

"在战场上杀人，有什么不对？"

"杀人者去杀人，有什么不对？"

他大概会这样回答吧——战场和杀人者的存在本身就是一种错误。那么换个问题他又会如何作答呢？

"犬只把人咬死，是不对的吗？"

"地震带来死亡，是不对的吗？"

犬只和地震的存在本身就是一种错误，他这时候会这样回答吗？怎么可能，举一反三至此那就是狗屁不通的歪理，从信念中产生的理由和从理由中产生的信念分明是两码事。

不得不杀人的情况和不得不被杀死的情况，都是真真切切无法动摇的实际存在。没错，动手杀人的理由，无论何时都在现实中确切存在着。哪怕找不到不能杀人的理由，也一定能找到可以杀人的理由。所以最重要的事，就是不要让自己找到杀人或被杀的理由，偷偷摸摸地苟活下去——我想到这里，慢慢地睁开了眼睛。

在那之后又过了一个小时——小姬还是老样子在玩着手指（很好玩吗？），哀川小姐躺在地板上迷迷糊糊地睡着了，然后我坐起了身。

"咦？师父，你要去哪里？"

"……厕所。"

"好的，小姬也要一起去。"

你在逗我吗。

我赶紧制止正要站起来的小姬，说出了真话："我要跟你们分开行动了。"

"分开行动……真的吗？"

"嗯，不好意思，我已经厌倦了侦探游戏。"

我轻轻耸肩，然后将哀川小姐给我包扎的三角吊带拆了下来，让受伤的手臂重获自由。

"的确如哀川小姐所说，我很不擅长应付'前途未卜的状况'，这可是新发现。子荻也说过'有不明白的事情就会产生不安'这样的话……或是某些类似的话。我虽然丝毫不介意暧昧的存在，却很讨厌不确定的东西……我的确是个小心眼的人。总之只待着什么也不干，我受够了。"

"怎么这样……"小姬嘟起嘴巴，像是要埋怨我一样抬头看着我，"再、再稍微忍者一下嘛，师父。"

是要我结个手印再遁地吗？

她是想说……再忍耐一下吧。

"师父这样太奇怪了，明明很清楚不是吗？像这样待在润小姐身边是最安全的。就算是要逃出学校，也是交给润小姐最简单嘛。现在这种胶着的状态，有必要没头没脑冲出去吗？"

"我没心情跟你讨论这些。"

"不行，小姬一定要讲清楚。如果现在让师父擅自行动，那就连小姬和润小姐的安全都会变得无法保证。既然我们是团队行动，那师父的一举一动一针一线，都会直接左右我们的未来。"

看在是这么严肃的场面的份上，我这次就不吐槽了。

"你说的我都有考虑过，小姬。现在这种情况，不如说没有我反倒比较好。正如小姬你之前所说，你是学艺不精，那我就是不曾学过的新手。像我这种拖后腿的因素还是早点舍弃掉才好。"

"怎么能这样想呢——"

"事实就是这样。"我强行打断小姬的反驳，不由分说道，"有我没我说不定对哀川小姐并无什么区别，我这种程度的累赘，对她而言没有任何意义。不过呢——我刚刚想到了，不，是注意到了——不不，该说是领悟到了一点。只要待在哀川小姐身边就是安全的，甚至会变得自负起来。想到身边就是人类最强，我就会情绪高涨——但这样是不行的，我不希望用这种理由来逃避战场。"

染血的房间，拼凑起来的槛神能亚的零件，在地板上安静地睡着连呼吸声都听不到的人类最强者。在这种环境的围绕下，十九岁的残军败将和十七岁的散兵游勇，争论着不成熟的想法。真让人笑掉大牙，还有什么能比这更滑稽，又有什么能比这更可笑呢？

"我要是继续待在这里——就成了不劳而获的小偷，就成了只会靠偷偷摸摸苟且偷生活下去的渣滓。若是因为哀川小姐那么强大，所以觉得就算受她保护被她庇护也没有任何问题——那我就成了对自己的罪孽一无所知，对自己该受的惩罚毫无自觉的卑鄙的寄生虫。最近发生了很多事，让我都快忘记了，自己曾经是选择了怎样的人生道路而过活的。"

我不会对他人付出任何事物。

因此，也不会从他人手中接受任何事物。

拒绝一切人物，拒绝一切事物，这才该是……我所剩下的最后的矜持。

"这次把你救出去是哀川小姐的工作……与我没有关系，完完全全、彻彻底底不关我的事。我留在这里反倒是碍事，这根本不是什么好事，我也不想……对哀川小姐恩将仇报。"

我的心中没有任何意志。

但起码还留有一丝倔强。

"可是，师父——"

"不要再用这种称呼叫我。我没资格当哀川小姐那种人的朋友，也没资格被你称作师父。"

小姬的脸上一瞬间露出受伤的表情，我轻轻推开她，朝门口走去。门上的锁可以从内侧轻松打开,但自动开关门的电路已经被之前的电击给烧坏,现在只能用蛮力把门拉开。

被哀川小姐保护,尽管甚至都算不上是哀川小姐的负担。保护小姬,在想要保护小姬的感情中获得自我满足。大家同心协力,相处融洽,共渡难关。

原来如此,这就是我梦中的人际关系。

所以这只是一个梦而已。

毕竟,梦终究只是梦。

"可是,那个……师父。"

"我让你别说了……你这小鬼还真是死皮赖脸。"我转过身,把手搭在小姬的肩上,稍稍用力一按——以示拒绝,"不要以为我会对你很温柔,也不要想什么大家一起做朋友,我对这种事情听到就想作呕。"

"——啊。"

小姬听到我这句话,不由得往后退步。

看吧,多么简单。

如此轻而易举,人与人之间的信赖就变得支离破碎。

对他人的好感也一下子土崩瓦解。

这样我就变回孤身一人。

"对扮家家酒,我已经厌倦了,这对我来说只是逃避自我。小姬,你也是一样的。再说,我离开了或许还可以打乱对手的计划——至于怎么利用这个机会,就是小姬和哀川小姐的自由了。"

"为什么……为什么要说得这么生分?"

"因为我们本来就不熟。"

"可是还有润小姐。"

"尽管自己连当绊脚石的分量都不够,但我也不想拖哀川润的后腿。"

我原本并不是严于律己的人,但这就是我的倔强,是我的达观和妥协纠缠不清的最终结果。

听不懂我说的话吗?

看不懂我的心情吗?

看不懂我这个人吗?

小姬。

那对你……是太好不过了。

不用说在刚才的争论中小姬才是对的,而我则是错的,大错特错,错得离谱。可是——我已经到极限了,本身就是错误的我,已经无法再继续维持正确的做法。对自己逾越界限的行为,我没什么好辩解的,也不打算去辩解。

啊,说到底就是这么一回事。

戏言跟班,即便是面对哀川润,也拒绝敞开心扉。

"就算是这样,可是——"

"我走了,拜拜。"

还没听小姬说完,我就直接把门给关上了。嗯,哀川小姐暂且不论,光凭小姬那双纤细的手和瘦弱的体格,是绝不可能打开这扇门的。就算哀川小姐之后醒过来，也应该会说到做到，不会再向擅自行动的我伸出援手。不对，说不定她根本就没睡着，反正装睡对她来说根本就毫无难度，骗人是那个人的拿手绝活。

她把我带到这里来，也是用的相同的把戏。

"——即便如此也完全对她讨厌不起来，还真是厉害……"

大概我自己内心深处，其实还是喜欢哀川小姐的。不过也只是想法而已，还远远算不上感情。

"……"

即便如此，在我已经意识到自己被欺骗的情况下，我还是做不到继续优哉游哉、心平气和地留在这里，我还没善良到那种地步。

还有就是，小姬，紫木一姬。

最坏的情况下我可能会把她牵扯进来，考虑到这点——把她留在这里多少也就有了点意义吧。明明从认识她到现在才不过短短数小时，我却对那个姑娘投入了相当多的感情，我一边戏谑这样的自己，却还又一边担心着她。明知道自己只是把小姬跟"那家伙"重叠到了一起罢了，内心却不愿多想。不管事实怎样，我都不该把与我无关的小姑娘，牵扯进自我陶醉的忏悔游戏里来。

"……那么，戏言就此结束。"

没记错的话楼下就是教职员办公室，所以我极力避免发出任何声音，小心翼翼地朝来时的楼梯间前进，幸运的是周围并没有人，我很快就走出了教职楼。这里是哪里呢——来的时候只顾着紧跟哀川小姐，导致我现在对所处的方位没有任何概念。既不知道哪边有什么东西，也不记得来的时候走的是哪条路线。

"唉，随便了。"

还是随便散散步好了……运气好的话我还想跟荻原子荻见见面。因为哀川小姐说过子荻"跟我很像"，而我也并不讨厌见到跟自己同类型的人。究竟为何我也不太清楚，是觉得跟同类更容易处好关系呢，还是觉得对方或许可以理解自己呢，我的思绪活跃了起来。

周围的视野很差，我感觉这里根本就没安装什么照明设施，这也正常，毕竟学校一般是不允许在夜间出来活动的。澄百合学园——不，事到如今没有必要再用高雅的名字来称呼它，看来悬梁高校并没有夜间活动社团，又或许只是没有必要特意区分白天和夜晚也说不定。

"不过，一个人都没有呢……"

虽说哀川小姐把她们大部分都打跑了，但那些家伙并不会就此善罢甘休。按道理这里应该也不可能有什么门禁……而且"老师们"也不会总是袖手旁观。

除此之外，我想到另一件事。

杀害理事长槛神能亚的犯人——姑且不论犯下如此行径的家伙还能不能称之为人——这名犯人，究竟是何时下手的呢？根据哀川小姐和小姬所说，事态发展到现在的情况，都是理事长下达的命令所导致的。换言之，她是在下达完命令之后才被杀害。而且从现场血液的气味和尸体的触感来看，离死亡时间最多不会超过一天。

再说到杀人动机，"这种东西"可是数不胜数，多到丢都丢不过来。比如"槛神能亚的恶趣味令人厌恶、遭人妒忌、受人怨恨、被人诅咒"诸如此类……这人还真是了不得啊。

"也就是说——该往权力斗争方面分析吗？"

而且把罪责推到逃亡者和外来者的身上，也是非常高明的策略。还可以用报仇雪恨的名义来激发学生们的士气。若要说我们还能抓住什么机会翻身的话，那就是理事长遇害的事实，似乎到现在还没有暴露出去。

啊，所以哀川小姐才会一直留在那里吗？就在我终于想通的时候，面前出现了我唯一认得的一栋教学楼——就是一开始跟小姬会合的地点"二年级A班"所在的那栋教学楼。不知为何再回到这里，居然有一种恍如隔世的感觉。

"啊，对了，照片……"

事到如今有没有地图也都无所谓了，但我记得小姬的照片也是在之前逃跑的时候跟地图一起弄丢的，不如就把它找回来吧。或许那张照片对我而言同样是可有可无——但我现在也找不到什么别的事情想做。虽说从这里出发的话还能勉强回想起通往学校正门的路线，但我可没有乐观到以为门口什么埋伏都没有。再说我本来就没想着要从学校出去，只是单纯地想离开那间房间而已，想离开那个令人窒息的房间。

虽然之前对小姬说了许多……不过我内心真正的想法，只不过是觉得待在哀川小姐身边喘不过气来吧。仅仅是这种程度的，无聊透顶的自尊心作祟罢了。不过所谓的自尊心，原本就很无聊。

"嗯……这可真是难得……我居然也会对他人的存在如此在意。"

只是因为哀川小姐太过特别吗？不，我感觉不是这样。对我而言只有一个人是特别的存在——那个人现在并不在这里。在这里的，充其量不过是相似的影子。

我走入教学楼，寻找楼梯，上楼，没有开灯，一片昏暗，但我感觉视野比户外还要清晰，大概是注意力更加集中的缘故。那么"二年级A班"在哪里呢……以那间教室为基准来找的话，有很大概率能找回照片。等等，说不定照片早就已经被那边的人给捡去了呢？

我寻找着小姬的照片，思绪又回到了变成密室的理事长办公室。整间房间除了大门还有两扇窗户，不过当然了，窗户也是锁上的，而且还是双重锁定，从外侧根本没法操作。而房间里所有藏得下人的地方，哀川小姐进门后就都全部检查过了……

说起来还有几个令人想不通的关键点。密室这个关键点的意义，哀川小姐之前就说过，是为了把杀人的罪行嫁祸到我们身上。倘若是这样，那另一个关键点"破坏尸体"又作何解呢？而把头发缠绕过天花板的日光灯管，这种猎奇的行径又隐藏着怎样的信息呢？

用链锯将尸体破坏……虽然就工程量来说是不用花那么多功夫，但我想不到有什么理由非得这样做不可。是出于内心的怨恨吗？还是说有什么别的必要性呢……吊起来是因为这里叫悬梁高校吗？如此单纯的解释不可能会是事实真相吧。

"'解体'啊……"解体、解剖、生物学、生态学，"不由让人想起以前的老师。"

虽说我完全不愿意想起来。

但脑海中又浮现出自己还是ER计划留学生时的往事。

正当我又要陷入这些黑暗回忆中的时候。

"我飘……"①

一道人影，出现在我面前。

"……飘啊飘……"

不对，太奇怪了，既然她都已经在我面前现身，那我就不能用"人影"这个说法来指代她，直接用"人物"才对。话虽如此，但令人非常毛骨悚然而又非常不可思议的是——我的目光，居然无法清晰地捕捉到，她那在阴暗中飘忽不定的身形。

简直就像是另一个次元的存在，又像是隔了一层薄膜，令她的身影看上去非常模糊。

"——我停。"

然后她飘忽不定的动作停了下来。

一头凌乱的短碎发加上一身被割得破破烂烂的黑色水手服，简直就像刚刚才遭受过暴徒的袭击，不过这似乎只是她个人的独特风格而已。而她在破烂的制服袖子下伸出的双手中……

---

① 此为人物西条玉藻具有个人特色的口头语，无其他含义。——译者注

"——啊，还是先做个自我介绍吧。我是一年级学生——西条玉藻。"

右手握的是异形三刃短刀排除者·00。

左手握的是开槽锯齿匕首狮鹫·加重定制版。

对女孩子来说过于粗犷过于凶暴的刀子，却被她——西条玉藻牢牢握在手中。她反手握着这两把刀，摆出一个像是格斗术中起手式的姿势，站在原地盯着我一动不动。整个人的存在都是如雾似幻，连眼神也是雾里看花瞧不真切。

动作真快啊，我下意识地想。

没想到居然连刀具都出现了，此次的事件居然非比寻常到这种程度了吗……相比之下天才云集的小岛和连续杀人鬼都还算是正常了，到底是谁安排的这种情节啊。

说起来这位女孩子，不管是衣服也好装备也好，浑身上下的槽点实在是太多了吧，我该从哪里开始吐槽呢？

"同学，现在已经过了离校时间很久了。"

"这可不是现在该吐槽的。"

结果被她先下手为强。

好歹还算是个可以沟通的对手。玉藻眯起眼睛一笑，然后一边"飘啊飘……飘啊飘"地自言自语，一边轻轻地摇头晃脑。她是有偏头痛吗？看上去有些痛苦，像是在忍耐着什么，也许只是单纯的低血压而已，因为她看上去一脸很想睡觉的样子。玉藻似乎察觉到了我的视线，"啊"的一声摆正了姿势。

"嗯？哦，这两把刀只是我个人的兴趣……不用太在意。"

"哦，这样啊……"

发现了一个说谎的女孩子。

"我想想……嗯，我正在找你们……没错。咦？不是有三个人……来着吗？我怎么看不到呢？奇怪，眼镜眼镜在哪里……"

"……"

这女孩子脑袋没问题吧？此时此刻，她的脑袋到底有没有问题将直接关系到我的生死，所以我是真的很担心。不知道是该说有个性还是赶时髦，总觉得这个女孩子背上随时会长出翅膀的样子。

"啊，什么来着……"她又晃晃悠悠地甩起了头，"算了，总之先扎个两三刀再想吧。"

"这样可不对啊，同学。"

可惜玉藻并没有理会年长者的亲切忠告，直接把两把刀交叉着架在自己的胸前，摆出了进攻的架势。

"锵锵……嘿嘿。"

玉藻脸上露出一丝浅浅的微笑，脸颊泛起一片绯红，似乎很害羞的样子，只不过这害羞的笑容衬着刀刃的反光只会让人感到恐怖。

双手持刀——这种做法本身并不具备太大的威胁。双手持刀的话，手腕的动作和攻击模式都会受到很大的限制，也会对防御造成障碍。就像剑道一样，如果没有具备相当的水准，就不要去碰二刀流。可是反过来说，若是真正的高手，就可以将两把刀运用自如。

也就是说这样的人只有两种可能——若非初出茅庐的业余玩家,便是深谙此道的行家里手,而这所悬梁高校的学生中,并不存在所谓的业余玩家。

"玉藻,你等一下——"

"我可不想听你的求饶——嗯,因为麻烦。"玉藻用飘忽不定的步伐,一点点地向我逼近,"还有,第一次见面请不要直呼我的名字……我会把你五马分尸、大卸八块的哦。"

五马分尸……大卸八块。

就像理事长一样吗?

像理事长一样——被解体?

"等一下——我有疑问。这是子获的策略吗?是她下的命令吗?"

"你猜错了……子获学姐像是有什么别的意图……我最不擅长动脑筋,所以就自作主张先过来了。"

玉藻"欬嘿"的一声,脸上笑开了花。笑容很可爱的确是很好,不过我还是希望你尽量不要脱离集体行动。这所学校就没有教过你什么叫合群吗?多学习一下怎样跟同学搞好关系吧,玉藻,学校就是为了让你学会社交技能才存在的啊。

"好了,玉藻要上了……飘……啊……飘!"

接着玉藻原本缓慢的步伐瞬间变得凌厉,直接向我飞奔过来。左右两把刀互相交错,直取我的脖子。

不好,这丫头,是认真的,当真的,玩真的。

毫无疑问我不是她的对手，于是我立马转过身，拼了老命向后逃跑。

"啊……逃跑可不行。"

玉藻一边念叨，一边反手握着刀子从我身后追了上来。本来还以为她身材那么娇小自己可以轻易地甩开她——事实证明我太天真了。虽说我跑得并不慢，但玉藻的速度实在是太快，简直就像是裂口女或是半身鬼一样在后面穷追不舍。可恶，之前抱着小姬的时候还能甩掉那两个女学生，只是因为对方太弱的缘故吗？换句话说现在的战斗等级又提升了是吗？玉藻一点点地拉近我们两人之间的距离，就在这时，没想到她居然直接把左手的狮鹫对准我的头部投掷了过来。

"哇——哦！"

我往旁边狠狠一扑，打了好几个滚，险而又险地避开了飞刀。开什么玩笑，这怎么看都不是用来丢的飞刀吧，居然像手里剑一样直接甩了过来，这个女孩子到底有多大的力量啊。

慢着，说到底，原本像她那样纤细的双手使用如此粗犷的刀具就已经十分异常，这所学校里就没什么东西是正常的吗？

我整个人趴在走廊上，跟地板来了个亲密接触。接着玉藻一屁股坐到我的背上，用剩下的那把短刀排除者抵住了我的喉咙，只要轻轻一划，我的颈动脉就注定是无法全身而退了。

"……这种时候，该怎么说来着……将军？嗯，不对，你看上去也不像是将帅。那就是……马跳边，易被歼？"

原来我是马吗？

又是这种不上不下的角色。

"接下来，我要开始问你问题了……请你最好老实点回答。虽然我是无所谓，但你说得越诚实，就能活得越久。"

玉藻的语气极为懒散，一副敷衍随便的态度。与其说是觉得说话很累人，不如说对她而言好像活着本身都是一种累赘。

"我想想……飘啊飘。赤色征裁和紫木学姐……现在在哪里？其实我现在，正在找她们。"

"回答你之前我想先问一个问题。"

"欸？不行哦，明明是我在问你。"玉藻鼓起脸颊，"唉，不过算了，这次算是特例，免得麻烦。"

看样子玉藻似乎很不擅长跟人沟通，她只要觉得会发生争执，就会向对方让步，自己也省得麻烦。没有原则对年轻女孩子来说并不是什么值得表扬的性格，但此时此刻是再好不过了。

"……'病蜘蛛'说的是你吗？"

"啊？你在说什么啊，怎么可能是我。"

玉藻一副十分意外的神情，摇了摇头。

不是她吗……可如果不是她的话。

"你该不会还搞不太清楚状况吧？对这所学校的内情还一无所知就被那个红色的家伙牵扯进来了吗？居然连'病蜘蛛'都不知道……你事先。"

玉藻说到这里突然打住，似乎是话说到一半说累了。随后自言自语了一句"我飘",继续把话说完:"就没有做过调查吗?"

"真不巧,我的原则是对感觉不太妙的东西既不追问也不深究。"

"这样吗。那该由我来问你了……你的目的,到底是什么?"

我原本还以为玉藻铁定会再一次问我小姬和哀川小姐的下落,没想到她却问了这个问题,真是出乎我的意料。

"目的吗……我的目的是……"

"不会是为了救出紫木学姐吧,也不可能是给赤色征裁帮忙……你听好了,我自己也好,之前你提到过名字的萩原学姐也好,大家在这里的行为都存在着某种理由。"

"……"

"而你呢,你有足够与这些匹敌的理由吗?对我们在这所学校里的所作所为,你有什么能够正面对抗的理由吗?要是有的话请你告诉我。"

"……玉藻。"

"只是为了否定而否定,说些什么异乎寻常或是脱离现实的话来当借口,是最卑鄙的行为。请不要这么轻易地,就否定别人啊。"玉藻不带任何感情地说道,"还是说,你对自己的常识和价值观,已经迷恋到了那种地步吗?"

对我来说。

虽然这所学校的确是很奇怪——但我又有什么立场,又有什么正常的理由,能够否定这所学校呢?

"啊，算了，真是麻烦。"

玉藻又重新用正手握住了匕首。

"反正你就给我去死吧。"

"——！"

死亡。

我的情绪异常冷静，在这异常冷静的情绪中，我感到一阵失落。好失望，我就这么轻易地死在了这种地方吗……明明原本还以为自己会在更加惊天动地的大悲剧中被人杀害，昂首挺胸慷慨赴死。到头来虽是死于被杀，但现在却死得像是无关紧要的配角，像是被垮塌的大楼压死的路人——不对。

说不定恰好相反，对像我这样卑微渺小的蝼蚁，也许这才是与我相衬的故事结局。我还想回顾一下自己无聊人生中的一些瞬间，却发现那些回忆也已经烟消云散，消失得无影无踪。

玖渚友，唯独玖渚友还残留在记忆里。

啊啊，现在好想，去见她。

想要向她，说声抱歉。

就在这时，走廊上传来了脚步声。

越来越近的，像是在往这里跑来的脚步声。

"——师父——……师父！"

随着这声呼喊。

玉藻如遭雷击，大吃一惊，转头看向声音传来的方向。

"紫木学姐——"

然后手一松——放开了匕首。

我甚至都没有看小姬一眼，直接用背部力量和臂力将玉藻顶开，然后转过身顺手用左手肘朝她的肚子全力一击。管她是女孩子也好，还是年纪比我小也好，现在根本没有考虑这么多的余地。

玉藻被我一肘直接撞飞到了墙上——当场失去意识。不对，这个女孩子之前就是一副意识模糊的样子，现在才说她失去意识也不太对，总之现在是无法动弹了。

我往脖子上一摸——正在流血。

这可正是，千钧一发之际。

"师父！"背后传来这句话语，"总算是追上师父了。"

"……小姬。"我转过身，这才终于看到小姬的身影，"你为什么会在这里？"

"啊，对不起。"小姬上气不接下气地回答道，"小姬怎么都打不开那扇门，所以才来得这么晚。最后实在是打不开门，所以小姬是走通风管道爬出来的，就是天花板上那个换气扇的位置，其实那里从内侧可以把换气扇取下来。哼哼，师父这样的体格估计是做不到的，不过以小姬的体型可以从那里爬出来。"

我可没问你的奋斗历程，再说天花板上原来还有换气扇的吗？是因为密室内的状况给人过于强烈的冲击，所以我才没注意到吗？这可真是大意了，不过先不说这个。

"……哀川小姐呢？没一起来吗？"

"嗯。"小姬像小动物一样念叨起来，"师父离开之后小姬马上就把润小姐给叫醒了，可是她说什么'喜欢擅自行动的家伙就随他自己去吧'，根本懒得起身，也不帮小姬开门，所以小姬没办法只好一个人过来了。"

"小姬你一个人过来……"

"师父你错了。"小姬斩钉截铁地说出宣言。

说着直勾勾地盯着我。

"虽然小姬说不过师父，但是师父讲的那些，都是不对的。说什么不想成为累赘所以不能一起行动，那不过只是怯懦的表现而已。"

"还真严厉啊，不过我不否定这一点，就是要胆小怯懦才对。比起要面对未知的结果，胆小怯懦一点可是要好得多，要安全得多。之前也说过很多次了，我的人生就是在思考如何逃避的过程中度过的，不管是敌人还是同伴。"

真是讽刺，我在岛上还处处跟那个性格恶劣的占卜师作对，到头来正是这样的我，比起任何人都要更加渴求拥有明确的未来。

"能够考虑'未来'的事情本身就是还留有余裕的证据！"小姬不知为何，不知道她出于什么原因，突然动起真格对我生气地吼道，"真正苟延残喘的人是不会有心、有思想的！师父，小姬就直说了，师父只是单纯的怠惰而已，不是吗？"

"……真敢说啊，小姬。"

我很清楚自己的语气正在变得激动起来。

"你又——了解我的什么呢？对我这样不得不怠惰的人，你了解多少呢？"

"至少小姬知道师父是只会找借口的戏言跟班。说穿了，师父不过是在害怕待在润小姐身边罢了。"小姬的语气越来越挑衅，还带着一丝坏心眼对我揶揄道，"和润小姐那样'顶天立地'的存在待在一起，便会更加觉得自己的渺小卑微，师父只不过是受不了这一点而已。"

"喂——停一下，不管再怎么样我还没被人说到这个份上。我这样——"

被人一针见血道破内心，我差点都要失去冷静把小姬给一把揪住，还好在最后关头勉强克制住了这个冲动，真的是就差一点点。如果不是小姬跟"那家伙"太过相似，恐怕已经没有什么能够阻止我的冲动了。

比如永不改变、永不终结、永不毁坏的死线之蓝，比如最接近世界真实答案的七愚人，比如充满了偏见和轻蔑的画家，比如能见到他人不可见之物的超能力者。

再比如——人类最强的承包人。

"我这样有什么不对吗？"

总有一天会发现自己的无用。

总有一时会暴露自己的渺小。

害怕被抛弃，有什么不对？

害怕被背叛，有什么不对？

"信赖是一种可悲之物，非常非常可悲。人本来就是独自活在这世上的，越是信赖别人，被别人背叛时所受到的冲击就会越大，直到令人崩溃，令人毁灭，永世不得超生。"

"即便如此自己一个人也太寂寞了。"

"即便如此我也要自己一个人生活下去，如果不能独自一个人生活下去，那还不如死了算了。说到底，如果是因为寂寞才去合群，那互相信赖的对象越多，不就表示自己越害怕寂寞吗？独自生活的人很悲哀很凄惨、很困顿、很丑陋、很可怜、很孤独——但又比任何人都更加高贵。"

要说的话就像是被绞首的那位女性一样。

"用寂寞这种字眼来混淆话题可是对独行者的亵渎。"

"难道师父你不寂寞吗？"

小姬还是说出了这句话。

"是因为不寂寞，才决定独身一人的吗？"

"……"

"小姬可是一直，都非常寂寞啊。"

啊啊——所以说。

不要用那种眼神，盯着我不放啊。

纯真、纯粹、纯洁而又好心、一心、真心的眼神。

事到如今——对我来说，对这样的我来说。

已经不可能再赎清自己的罪孽了吧？

好想逃，好想逃，好想逃。

逃走、逃亡、逃避、逃逸。

没错，就像那时候一样——

"我到底还要重复同样的事情多少次才够。"

对过于戏言的戏言——我都快要哑然失笑了，尽管我根本不知道该怎么笑出来。

啊……原来如此。

小姬并不像那家伙。

小姬像的是……以前的她。

所以，我才会如此动摇。

原来这才是，我从理事长办公室离开的理由吗？

"真是……戏言。"

不过，能做到不再重蹈覆辙，就说明我还仍然算作人类吧？

"欸……师父？"

"没什么，我是在说我认输了。没错，小姬你说得对，至少现在还不是可以我行我素的时候。抱歉抱歉，这次是我错了，哀川小姐现在还在理事长办公室吗？"

"啊，是，是的！"

见到我低头，小姬就像是"啪"地打开了开关，表情一下子亮了起来，看上去非常高兴。她那毫无防备的笑容，甚至让我都开始感到困惑，搞什么——只会让人露出破绽的罪恶感，明明早就被我舍弃了呀。

可为什么，我还会如此……

为什么我还会如此地纠缠不清呢？若是真正地抗拒了一切，明明就不该会有这种幸福的事情才对。

如果可以的话，我应该自我了结才对啊。

"啊，不过如果按照润小姐的性格，搞不好她一生气就自己先回去了……"

"啊……还真很有可能。"

"先不说润小姐，这个女生怎么办？"

小姬小心翼翼地向着昏迷不醒的玉藻靠近。

"啊，总觉得这个女孩子实在是不太妙。对了，我还没向你道谢呢，多亏你追了上来，这个女生才会露出破绽。"

"不用客气。"小姬一边说着，一边在玉藻的制服里摸来摸去。她搞什么，别是什么奇怪的癖好就好。"啊，果然带着无线对讲机。"

看上去就像是……普通的手机，但操作按键少了很多，似乎是那种小团体之间使用的简易版无线对讲机，大小刚好能够一手握住……不过这有什么问题吗？

"所以说这就意味着，西条学妹有可能在昏迷之前就已经和别人……和萩原学姐她们取得了联系。"

"这下麻烦大了……"

就是说，现在这里也不再安全了吗？话虽如此，可若要往楼下转移，楼梯间也是非常危险的地方，说不定会自投罗网。糟糕，这下被逼到绝路了，即便不是瓮中之鳖，也跟死路一条差不多了。

小姬"嗯"的一声陷入沉思，过了一会儿说道："没办法，只好使出撒手锏了。"然后打开了背在肩上的小挎包。

"这么说来我一直都很好奇,那个背包里放了什么?"

"各种各样的都有,所谓的悬梁高校七大道具哦,尽管凑不齐七样。"

说着小姬"锵锵"一声从包里拿出了好几个像是线轴的东西,比缝纫机上用的要稍微大一些,但绝对不是钓鱼用的那种。线轴上面的线缠得满满当当,不过……那好像并不是普通的线?

"这是什么?"

"就是线啊,不过要说的话有天蚕丝、金属线还有琴弦之类许多种。"小姬从包里依次取出好几个线轴,"金属线有银制和钛制的两种,都已经做过化学处理,被强化到了极限。这边是各种纤维,像是凯夫拉、芳纶、碳纤维啦……应有尽有。"

这几种纤维我只听说过凯夫拉,没记错的话是用在防弹背心上的材料。虽然同为纤维,但凯夫拉纤维的强度绝非其他纤维能比。

"除此之外,它在航天领域和军事领域等各方面都被广泛使用。"

小姬边说边打开了走廊的窗户,又走到对面打开了教室的窗户,接着开始把那些线分别缠绕在室内的各个角落。这些线缠在线轴上的时候尚能勉强看清,但现在一根两根分开来才发现其实细得惊人。以当下周围的昏暗程度,不凝神静气仔细分辨根本就发现不了这些线的存在,仿佛一碰就断的蜘蛛丝。我正想去摸一下,却立马被小姬打断："啊，不可以的！"

"摸的方法不对的话手指会被切掉的。"

一碰就断的原来是我的手指吗？

"唔……这个是钢琴线吧。虽说这些都算是线，但种类很多啊……所以小姬，你这是在做什么？"

"这是在编绳索哦，光靠窗户外框是承受不了两个人的重量的，所以现在小姬正在仔细计算如何把体重均匀地分散到各个地方。"

"等等，你的意思是……"我顿了一顿，"我们要用绳线降到一楼吗？"

"没错没错。"

"……开玩笑吧。"

"没———有问题的！"小姬拉长三个音节，挺着胸脯保证道，"师父，你就当是被小姬骗了一次，不要多想了啦……"

"那不就真的被你骗了吗……"

我脱口而出。

"那样就真被你骗了啊！"

再重复一遍。

早知道刚才该先跑掉的。

我脑海中诚实地想着。

第五幕——背叛重演

萩原子荻
HAGIHARA SHIOGI
"军师"

0

能否信任并非重点。
背叛与否才是关键。

1

　　光看结果的话，最后我还是抱着小姬成功地完成了绳降。其实我过去在ER计划时也有过绳降的经验（那时候还背着50公斤重的登山包），而且刚才临时用各种线编织出来的应急绳索比我想象中要结实得多。虽说要照顾到脱臼的那边手臂多花了一些时间，但中途既没有受伤，也没有遭受到任何袭击，应该可以说是大获成功。到达地面后，小姬打算把之前使用过的线重新卷起来回收，但似乎并不是很顺利，可能是因为刚才缠得过于结实了。
　　"这些线用起来其实很方便的，既可以向刚才那样编出绳索，还可以做出像是陷阱一样的东西。"

"哦……陷阱吗？"

这样一说，我之前好像也听说过许多魔术师会使用这类细线来完成表演，是叫作吊威亚还是什么来着。就像电视剧里演的那样，现实中大概也可以把这类线当作武器来使用吧。戏里演的那种好像是用的三味线的琴弦？我也记不太清了。

"细线——原来如此，是钢琴线啊。小姬，我问你。"

"怎么了？"

"只要合理地使用这些线，是不是就可以让理事长办公室成为一间密室了？"

小姬"嗯？"的一声歪过头来。

"师父是说用针线做出来的密室吗？"

"差不多吧，即便是密室，也不可能在物理上做到真正的天衣无缝，肯定在哪里还留有空隙。即便无法进入房间，大门也是上锁的状态，但通过操纵线还是有可能做到密室杀人的。譬如小姬你之前爬过的通风口就是一个空隙，总之，将这些线缠到理事长身上，然后用力一拉，切片的理事长就新鲜出炉了……这个方法怎么样？"

"不可能的，这种方法。"

"不不不，没试过你怎么知道不行呢？"

"就是不行啊，师父，你的想法太理想了。"小姬放弃回收那些线，走到我的身边，"首先，犯人是怎么把理事长吊在天花板上的呢？这种事情不进入房间是做不到的吧？"

"啊，是啊……"

"再说为了把线缠到理事长身上，犯人也非进办公室不可，这不就本末倒置了吗？"

"也是啊……不对，等一下。既然有一个通风口，那根本就不算密室了啊，如果通过那里进出的话……"

"进不去啦，之前小姬不是说过吗？换气扇是从房间内部用螺丝固定在天花板上的，既没有办法从外面进去，也没有办法从里面出去再恢复原状。就算犯人进去的时候是理事长自己开的门，但无论他从哪里离开，是翻窗户、爬通风口或是直接走大门，他都不可能再重新把门锁上。这些地方润小姐之前都仔细检查过了，师父都没有注意到吗？"

"唔……"

确实是没注意到。

总而言之，通风口是行不通的吗？但入口的掌纹验证毫无疑问是无法攻破的铜墙铁壁（毕竟就连哀川小姐都不得不诉诸暴力才能打开），除了窗户和通风口以外也没有别的地方可以考虑了。

"而且呢，尽管使用得当的话的确是可以像这样用线把人割得四分五裂，但那样造成的切口会更加平整光滑，而不会是尸体上那种粗糙的切面。"

啊，没错，既然哀川小姐判断凶器是链锯，那应该就是那样没错了。承包人哀川润，迄今为止她见过的尸体数量显然跟我完全不在一个数量级上。

"链锯吗……嗯。咦，等一下，小姬。虽然我之前只是半开玩笑地随口说说……不过真可以做到吗？用那种线就把人给四分五裂地……切得那么细碎。"

"嗯，跟线锯差不多，刚才小姬不是说过不小心碰到线就会把手指头切断吗？大致上就是一样的原理。所谓切割力，其实关键就在于如何在最小的面积上于最短的时间内用最快的速度去施加力量。正因为是这么细的线，所以才具备能够切开人类肉体的破坏力。"

"哦，跟纸张可以割破手指是同样的原理吗？"

"把线作为武器使用的话就叫作钢丝锯，我们上课都学过，也有诸如线刃、钢丝、硬丝一类的叫法，说白了就是一种暗器。只要严格按照正确的方法来操作，即便是新手也足以切断手指头，若是熟练的高手，用普通的胶带把整个人切片也并非不可能。"

"简直就是哀川小姐最喜欢看的漫画情节。不过你不觉得比起这么麻烦的方法，还是直接捅一刀来得更快吗？虽然并非每个人都是玉藻。"

"也有道理。线跟刀子不一样，真正用起来的时候也有它本身的独特优势，比如说利用滑轮原理到处都缠上线，就可以实现多角度的攻击。就像是蜘蛛丝，又比如蜘蛛的巢穴一般。这可是很久以前就存在的非常正统的战斗技巧，使用的线叫作曲弦线，拥有这种技术的人就叫作曲弦师。"

曲弦师吗？听上去倒是，嗯，很普通。

"现如今还给自己冠上正统、精髓之类的头衔,就没几个是正儿八经的玩意儿。真是的……完全搞不懂以前的那些人脑袋里都装了什么。"

就算在过去经常存在互相伤害的情况,人们不得不开发出各种应对手段,但再怎么说也用不着把一根线都拿来做凶器吧。

"是啊,这种如同街头魔术一般,听上去像是科幻小说一样的技术,本来就非一朝一夕可以习得,到现代已经没几个人会了,成了一种传说。"

"所以说一般情况下使用线都是为了保险呢,就像刚才那样。"小姬说着又开始做起习惯性动作,手指"唰"的一下挥上去又"噌"的一下划下来。

"没几个人会——意思就是说还有几个人会啰?"

"对啊,这所学校里就有一个。嗯——大家好像都叫她'病蜘蛛'来着。"

"'病蜘蛛'……吗?"

"嗯,是三年级的一位名叫市井游马的学生,不过现在已经没有人用本名叫她了。她和萩原学姐并列,都是学校里的顶尖王牌。当然'病蜘蛛'用的可不是我这种半吊子的线,而是更加正统更加专业的东西。"

"就是你说的曲弦线吧……不过我总觉得缺乏真实感,如今的情况下出现这样的人物没问题吗?"

"小姬倒觉得这比什么名侦探啦、密室啦,要真实多了,至少是历史上确实存在的东西嘛。"

"你这个发言有点危险啊……"

"先要打好预防针嘛。"

小姬说完便把线轴都收到了挎包里,但马上又开始闹腾起来:"哎呀,都缠成一团乱麻了。"但我并没有理会她,只觉得心里涌上一丝不安。

倘若那个连萩原子荻和西条玉藻都不敢忽视的"病蜘蛛"——市井游马以敌人的身份出现在我们面前,我能够保护得了凡事都笨手笨脚的女孩子吗?这并非是我杞人忧天,既然小姬的目的是从这里逃出去,那"病蜘蛛"必定是这一路上无法逃避的难关之一。

要做出决断了,接下来该怎么做?按理说现在最好的选择是回到哀川小姐身边——有人类最强在场,区区"病蜘蛛"不足为惧——但现在也无法确认哀川小姐是否仍然在理事长办公室。或者要不要和小姬一起两个人试着逃出学校呢?光凭我们俩能够躲过"军师"萩原子荻的耳目吗?

"这还真是个难题……"

事后再回想起来,我这时候纠结的细枝末节根本就算不上是什么问题。

而正是由于纠结着那些琐事——我完全忽视了小姬在提到市井游马这个名字时,脸上所露出的表情。

她的表情仿佛是提到自己引以为傲的"恩师"一般,又仿佛充满着无奈,混杂着矛盾与冲突。倘若我那时有细心地注意到这一

113

点，或许事情还能有转机，又或许我多少能察觉到一些市井游马和小姬之间的关系。

事后说再多也于事无补，这的确是严重的失策。

"'病蜘蛛'……又是个难缠的角色啊。"

"正是如此，老实说若润小姐不在场，我们就只能走为上了。'病蜘蛛'无论何时双手都戴着手套，一眼就能认出来。因为身为曲弦师若不戴手套，随随便便就会把自己的手指给切掉。"

"原来如此，就像身上贴着的标签一样。"

手套，只要留意这个特点就行了吧。

"啊，提到顶尖的学生，刚才那个女生——西条玉藻其实也是悬梁高校一年级中数一数二的暴力分子，行为十分激进，大家都畏惧地叫她'黑暗突袭'。"

"这我倒是完全没想到……"

"不可以以貌取人哦，西条学妹跟小姬我这种吊车尾不同，她可是学校寄予厚望的明日之星呢。刚才师父能够活下来，只是因为叠了好几层的运气罢了。"

"运气吗？"

那时的确是千钧一发，若是小姬没有及时赶来，或是之后的反击没能打晕玉藻，结局就很难说了。

话说回来，我那时狠狠给了玉藻一肘，她不会就此怀恨在心吧，这种事情光是想想就令人浑身发冷打起寒战。老实说，像她这种完全不知道脑子里在想什么的对手，比起"军师"更让我应付不来。

"而且一般来说，难度不大的任务根本用不着玉藻亲自出手，然而没想到她还是参战了，大概是因为润小姐也掺和了进来……所以萩原学姐才会制定这样的战略吧。"

战斗等级提升了。

"即便把'病蜘蛛'先放到一边，光凭小姬和师父两个人，也根本没法应付敌人针对润小姐布下的天罗地网。只要润小姐还没离开这所学校，我们就该抱着视死乌龟的决心跟她会合。"

视死乌龟？只听说过旅鼠会自杀。

"那个成语叫视死如归。不过我们和润小姐兵分两路倒也不失为一种良策——若要说有什么地方能够钻到对方的空子，那就是她们肯定想不到小姬你没有跟着润小姐，反而是在跟我一起行动。"

"不过这可是在玩火啊。"

"说得也是，还真是绞尽脑汁想破头，绕了半天又回到原点。总之还是交给专业的去处理吧。"

接着我们便离开了教学楼。稍微走了一小段路之后，四周逐渐开阔起来，也不再像教学楼里那样四处都可能藏着敌人。我稍微松了口气，这才意识到一个问题。之前小姬说得理所当然，我也觉得理所当然，但——若说现在针对哀川小姐制定战略的军师是子荻，那子荻到底知不知道理事长遇害的事情呢？子荻是军师，是参谋，充其量不过是幕僚而不是将帅，按理说她会定期向理事长汇报工作才对。即便没有直接联系，即便是通过"教职工"来传达——子荻和其他的学生也不可能仍然没有发现这个事实。

假如她们真的没有发现——那就是有人从中作梗隐瞒了真相，若真如此，则此人必定就是杀害理事长的"真凶"。有一个躲在幕后肆意操纵剧情发展的家伙，现在正藏在这所学校当中。若动机是权力之争，那犯人就是"教职工"中的某人，又或许……

又或许，是学生中的某人。

谁才是，最有可能做出这种事的人？

"小姬，我问你，子荻是什么样的女孩子？"

"啊？怎么突然问这个？"

"没什么，就是突然有点好奇。你看，孟子不是也说过嘛，知己知彼百战不殆。"

"那是孙子说的。"

居然被小姬纠正了。

"师父意外地不学无术呢。"

而且还穷追猛打。

"一派胡言，你可知道费马大定理？其实那个就是我解出来的。"

"是、是这样吗？刚刚真是有眼不识泰山！哈哈！"

"……"

她居然真的信了。

"……总之，我想多了解一些子荻的具体信息，你知道多少可以都告诉我吗？"

"小姬想想看啊,对了,她是个很严厉的人,严厉到有些苛刻。虽说不这样做是当不了军师的,但总觉得她还是严厉得过头了,这一点倒是很像理事长的作风。"

"就是说为了达成目的不择手段吗?"

"并非如此,萩原学姐并没有自己的目的,她只是为了完成交代给自己的任务而选择效率最高的方法罢了。对她而言,是没有什么个人意志存在的。"

"原来如此,军师不能拥有个人的目的,要是下棋的时候每个棋子都按照各自的意志行动,那事情就很难办了。"

"从这个意义上来说,与其说萩原学姐适合当军师,倒不如说她除了军师之外什么都干不了。"

哼,之前哀川小姐也说她跟我很像——看来所言非虚。就不存在个人的自主意志这点而言,我和子荻简直是一个模子印出来的。只不过跟我比起来,她的选择余地还要更加狭窄,这并不是她自己的问题,而是被困在这一所学校里的缘故。

这就是隶属于组织的人与排除于组织之外的人之间的差异,再加上她杀害理事长的嫌疑,我的心中开始对她产生了兴趣。

"啊,可不能因为她是军师就大意了。其实不光是萩原学姐,只要是这所学校的学生,大家都或多或少练过防身术的。"

"嗯,这点我是切身体会过了。"

"除此之外还值得一提的是萩原学姐擅长剑道,是剑道二段的高手。"

"二段？在这所学校里不是很普通吗？"

"哪有，剑道二段可不是能够轻视的存在，不是一直就有剑道太阳火神[1]的说法。"

哪有这种说法。

萩原子荻、西条玉藻，然后是市井游马吗？还真是文臣武将、牛鬼蛇神一应俱全啊——毫无疑问我们的前途必将多灾多难。若说有什么突破口的话，也只能指望像是黑暗突袭和病蜘蛛这类直接攻击型的学生能够符合角色定位，在智谋上有所欠缺。

"话又说回来，不管是子荻也好玉藻也好——如果不是在这所奇怪的学校相遇的话，都还算是挺有意思的女孩子。"

特别是子荻，我还挺有兴趣的。

"师父对敌人太善良了，这就是俗话说的往敌人的伤口上涂盐。"

"还有完没完了！"我摇摇头，"不算再怎么说，子荻、玉藻还有游马，大家都是同样的人类嘛。"

"大家都是不同的人类哦。"

小姬难得地说出了消极悲观的台词，不用说，脸上还是那副阴郁的表情。

我重新打量起了小姬。整个事件的开端就是小姬希望从这所学校退学，逃离学校——但仅仅因为"保密"这种程度的理由，有必

---

[1] 此处出自1981年播放的特摄剧《太阳战队太阳火神》，特摄英雄会用剑当武器。——译者注

要如此顽固地阻止她离开吗？

小姬说她是吊车尾，我相信了，哀川小姐也没有否定——可仔细想来，紫木一姬作为人类最强的朋友，有可能会是那种"平凡无奇的吊车尾"吗？

虽然仅仅是个人的猜测，但我觉得校方如此执意地阻止小姬离开这里一定还有别的理由。譬如说小姬其实具有某些特殊技能或是非凡能力，所以理事长才不愿意放走小姬之类的……

也许是类似于西条玉藻的"黑暗突袭"的能力，也可能是类似市井游马的"病蜘蛛"的能力，不过从迄今为止的经历来看，小姬显然不可能具有直接攻击型的技能——要不然她也不会那么轻易便被"军师"给抓住。可若说她其实像萩原子荻那样精于计谋和战略，那也说不过去。事实上，小姬离开理事长办公室跑出来追我本来就完全是有勇无谋的表现。

我总觉得有哪里对不上，感觉就像是在试图解开一个七种颜色的魔方，解谜的要素过多反而无法完成。过多的证据，冗余的痕迹，让人眼花缭乱。

若小姬的存在，对这所非现实的学校来说有着某种特殊意义的话——或许那既不是技能上也不是智力上的意义，而是偏向精神上的心灵能力，唯有这样才能与"军师""黑暗突袭"以及"病蜘蛛"相提并论。

"……唔。"

那么，假设之后我们没有与哀川小姐会合，中途被萩原子荻、市井游马或者西条玉藻给拦下而陷入危机，然后千钧一发之时，安排紫木一姬发挥自己一直隐藏的神秘能力，带领我们逃出生天圆满结束，这样的故事展开怎么样？

"其实小姬我，是超能力者！"

"什、什么！太惊人了！这可真是天助我也！"

"不过小姬还不能完全控制这个能力……啊，师父！"

"怎么回事！我的右手要吃人了！而且鞋带上还亮起了绿色的光环！"

"……"

看样子我并没有成为小说家的天赋。

像我这种性格阴暗又缺乏想象力的人，活下去还是有点意义的吧？

闲话少说，总之、大概，哀川小姐有什么事瞒着我，而且恐怕小姬也是一样。这当然无可非议，毕竟就连我自己也是怀抱着各种秘密而活着，而且无论对方是谁，我想自己也不会有机会将这些秘密说出口。秘密正是因为被封印起来才能被称为秘密，若可以的话——但愿直到最后，秘密仍旧是秘密，谎言依然是谎言。

如果可以，我希望自始至终都能够做个局外人，只有这个愿望我还不打算放弃。

我们正准备要穿过一个像是中庭的地方，突然脚底不知道被什么东西绊了一下。想到刚才小姬提到的蛛网陷阱，我瞬间惊出了一身冷汗，结果却什么都没发生，看来只是踢到了忘记收拾的皮球或是什么类似的玩意儿吧。

"真是的。"

我一边叹气,弯下腰正打算把地上的球捡起来时,大脑的运转才终于跟上了动作。澄百合学园——悬梁高校,在这所非比寻常的学校里,会有类似于"忘记收拾的皮球"的平凡事物吗?

视线落到皮球上,那是西条玉藻的一部分。

2

昏暗夜色中,地上是西条玉藻的碎发,以及随着头发被一起割断的部分。

无论我的神经再怎么大条,见到此情此景果然还是完全无法保持冷静。已经抓到那个东西的手立马条件反射地甩开,大脑也完全无法思考,思维一片混乱,完美地变成了糨糊。眼下的事态,周围的状况,一律无法理解,思绪钻进牛角尖,不知道出路在何方。看到地上那个东西,脑袋里不得不又想起理事长办公室的那一幕,同样是面无表情,怎么看都像是熟睡一般,然而脖子以下却空无一物——

"危险!"

小姬救了我一命。她毫不犹豫地飞扑过来,一个擒抱扑向了我的腰。若是平时,就算这样扑到我身上,只有我一半体格的小姬也对我造不成什么影响。但此时的我尚处于灵魂出窍的状态，于是数小时前的情形再一次出现，我一下子就被扑倒在地。

就在下一瞬间，一支弩箭破空而来，狠狠扎在刚才我站的位置。

我如坠冰窖，猛然意识到了现在的状况，反手一把将箍在我腰间的小姬揽到怀中，直接就这样往旁边滚去。背后不断传来"咻""咻"的声音，我明白那是弩箭扎进地面的声响，老是这样一直滚下去也不是办法，迟早会被对方算到滚落的地点——必须要做出反击才行。

刚刚第一只弩箭飞来的方向——好像是在那边？凭借目前为止弩箭的飞行方向，我大致可以推测对方的位置，即便敌人是一边移动一边射击，我也可以预测到对方的动向。我继续在地上不停翻滚，顺手抄起一块拳头大小的石头，同时变换滚动的方向。待到下一发弩箭射出，与我擦身而过扎到旁边的地面上，我便立马站起身来，对着预测的弩箭发射地点扔出了那块石头。与此同时，弩箭的攻击也停了下来。

没过多久，在一片阴暗中，逐渐浮现出了一位少女的身影。令人出神的黑发，还有那纤细的身躯——以及一身黑色的水手服。

"这种武器果然还是得要老手来用才行啊——"念叨着这样的台词，来人扔下了手里的十字弩，看样子刚才已经把弩箭射完了才停手的。"吾乃萩原子荻，再度会面，深感荣幸。"

"哪里，我才感到荣幸。"

我把小姬护在身后，站了出来。又中了埋伏吗？玉藻的通知的确是传达到了这边，之前还看她一副迟钝迷糊的样子，这不是很好地配合了团队行动嘛，干得不错玉藻。

然而玉藻的一部分现在掉在了这里，这到底是什么情况？

"本来还打算趁吓到你的时候来次突然袭击，最后却是徒劳无功——竟然能够妨碍我的计策到这种地步，老实说吧，你到底是什么来头？"

子荻向我提出了这个问题，但这应该是我的台词才对。这个学校到底是什么鬼，三小时前才刚刚目睹了理事长被毁坏的尸体以及天花板上吊着物体的猎奇场面，三小时后的现在又踢到女孩子尸首的一部分，更别说这之间好几次我都命悬一线。

战场。

脑海中又浮现出最初与子荻对阵时联想到的字眼。我和玉藻是互相拼杀的对手，因此我们之间既没有友情也没有爱情更没有同情，但她就这样轻易地被杀，仿佛"时间不够了所以就此退场"一般，我看向她那与身体分离的部分——

"这样做有什么意义呢？"

"凡事仅考虑意义又有什么意义呢？我只是无论何时都选择最佳策略而已，不过呢——"子荻用拙劣的演技装作很困扰地摇着头，此时此刻，她的头还好好地连在脖子上，"由于赤色征裁的出现，大部分学生都被吓破了胆，根本不堪一用——虽然我觉得这做法也称不上是最佳策略，不过至少也收到了次佳的效果，真是太好了。"

她用的居然是过去式的说法。

的确,对方已经下出了将军的一步棋,暴击之后紧接着便是将军。即便十字弩的弩箭一支都没有射中我们,但子荻通过试探已经明确得知哀川小姐并没有潜伏在我们附近。其实她本来就没有指望能够光靠弩箭解决问题吧,反正只是对付我和小姬两人,子荻一个人赤手空拳就绰绰有余了。

"追捕游戏已经结束了——接下来,是只属于捕手的时间。"

已经穷途末路了吗?

这下无计可施了……我们输得一败涂地,终究还是无法逃脱萩原子荻的铁栅围堵。

双方互相钩心斗角——最后输也输得畅快。

若是这样的话,那倒是不坏。

保护小姬的任务终究还是超出了我的能力范围,这种事果然还是得交给哀川润才行。真是令人遗憾啊,戏言跟班同学。

"好了。"

既然如此,那还是尽量好好地向她求饶吧。

我对求饶的方法——还是很熟练的。

我正准备向前迈步,对面的子荻也正要向我走来——就在这时,小姬却从我身后窜了出来,拦在我们之间。

她大大地张开双手,在我身前充当小小的屏障。这可真是又小又脆弱的屏障——但展现出来的意图格外明确。

"呜、呜呜呜——"

小姬浑身抖得非常厉害，却不肯从那里让开，就这样保护着我，不肯让开。

"……"

子荻见到这一幕也停下了脚步，随即像是看到了什么不可思议的事，叹了口气说道："别做无谓的抵抗了，紫木。我可不记得学校有教过你做无用的垂死挣扎，事到如今——就算以你的笨脑袋应该也能意识到，自己没有任何可能打倒我了吧。"

"这种事情，"小姬以不停颤抖却又毫不动摇的声音加以回应，"不试试看怎么会知道。"

"还说什么不试试看就不知道——听上去就像傻子一样。"

"嗯，傻就傻，没关系。"小姬回道，"比起你说的那种聪明，小姬还是自己当傻瓜就好。"

啊啊。

我竟然，我竟然会有如此愚蠢的想法。

紫木一姬——身为哀川润的朋友。

不管是什么特殊技能也好，非凡能力也罢。

她有必要拥有那些力量吗？

为我担心哭泣。

为我拼命阻止。

为我穷追不舍。

为我伸出援手。

对我——展露纯真的微笑。

你才不是什么吊车尾。

小姬。

你是一位——非常了不起的人。

足以同人类最强相提并论。

"……没想到，这回尽是杰作。"

既然如此，那我就奉陪到底。

扮家家游戏，再多陪她玩一会儿也无妨。

不错，真不错，心情畅快得要爆裂。

现在的我——心情非常非常地痛快。

痛快到一不小心就会笑出来的程度。

"小姬……你一个人回去没问题的吧？"我小声对她说，"你之前就是跟着我的足迹追过来的，现在也可以一个人回到那边去吧？"

"……师父？你在说什么啊？"

她脸上一副完全搞不懂的表情。

又让我不由得叠上了那个家伙的脸。

"我的意思是——这里就交给我，你一个人先走。"

现如今，正是该兵分两路的时机。这并非出于我的肆意妄为或是胆小怕事——而是我的战术。好吧，子荻，既然你作为军师决定要那样对待玉藻，那我就抛开戏言跟班的身份陪你玩玩吧。

从现在开始就不是简单的钩心斗角了。

而是互相厮杀。

我誓要将你杀掉、解体、摆出、陈列——再公开展示。

"可是，师父……"

"虽然略迟了一点，但我接下来要对一件事进行更正。我或许并不够格成为哀川小姐的朋友，可我心里还是多少希望自己有这个资格，这就是我现在的想法。所以你对我的那个称呼可谓是一针见血……对凡事半途而废而又暧昧不清的我，的确是充满了讽刺却又恰如其分的称呼，因此——"我迅速地瞟了小姬一眼，她还是那副完全搞不懂的表情，"弟子若不听师父的话，那就真的很奇怪了。"

小姬她……

紫木一姬她听完点点头——随即下定决心，拔腿就跑。

"等等！"

趁着子荻脸上闪过错愕的瞬间，我向她冲了过去，所谓先下手为强，但我并不是出于这样的考虑，纯粹只是想为小姬争取逃走的时间而已。即便萩原子荻身为"军师"，但再怎么高明——她也不得不对眼下迫近的危机做出反应，这是人类作为生物与生俱来的反射行为，若要避免这种本能，除非拥有超越人类自身反射神经之上的非人类的敏捷和运动能力，刚巧子荻在身体机能上也不过是个普通的女孩子。

"喊——"

子荻在千钧一发之际避开了我的攻击，接着连退数步，拉开了与我之间的距离。用剑道的术语来说就是九步之距，正是进可攻退可守的距离。

子荻恋恋不舍地看着小姬的身影融入黑暗之后,然后"唉"地叹了口气。

"真是搞不懂你这人……为何一定要打乱我的计划呢?根本算不出你的行动,你适用的难道是量子力学吗?看上去仿佛没有任何目的可言,只是跟我作对就很开心的样子。"

目的?啊……玉藻也问过我来着,不过现在的话,我已经可以明确地作出回答了。

"我的目的是将小姬带离这所学校,说得潇洒一点,就算是为她提前举行毕业典礼吧。"

"这个态度就像样多了,比起玩弄轻佻肤浅的戏言要好得多。"

子荻不愧是子荻,即便不小心把小姬这个"目的"给放跑,即便自己的计策已经搞砸,也仍旧是一副自负自傲的样子,似乎与五个小时之前遇到的那个子荻稍微有些不同。

"真是名不虚传,不愧是赤色征裁的伙伴。"

"伙伴?喂喂,我只不过是一个被顺势牵扯进来的诱饵而已。再说了,那个人哪会有什么伙伴……要成为某人的伙伴,至少要拥有与那人对等的实力才行吧,而这世上又有谁,能够达到人类最强的实力呢?"

"与最强对等的是最弱才对吧,而且你说诱饵?难不成你还签署了《戏言返还条约》不成?能够轻易潜入这所悬梁高校并接触到紫木一姬，还让本校引以为傲的铜墙铁壁般的防御产生破绽从而让那位赤色征裁渗透进来——拥有如此难得的才能，你还说自己是诱饵，说出来谁信啊？"

"……"

哀川小姐是因为这个理由才派我过来的吗？原本她就打算自己亲自突破进来，派我上场只是充当排头兵来蹚雷。这样考虑倒是合情合理，不过也仅仅是合情合理而已。

"你太高估我了，我之前不是说了吗？这一切纯属巧合，不过是幸运的偶然罢了。"

"要真是巧合我倒是乐得轻松……看来你自己并没有察觉到，那我就把这当作送你下黄泉的礼物好心告诉你吧。"

"下黄泉的礼物？不错，这句话我中意，我可是最喜欢女仆[①]了。"

"你这份才能太过危险，明明自己什么都没做，周围的事物却会擅自变得乱七八糟……这已经可以称作是'无秩序最恶磁场'，你就没点自觉吗？自己周围每时每刻都在发生异常事件，每时每刻都聚集着一帮奇人异士，没错吧？"

"……自觉吗？"

不如说我就不存在没自觉的时候，不过话又说回来，原来我还拥有人心这种了不起的东西吗？

"若用更普通的说法来讲，你这叫事故频发性体质以及优秀异

---

① 黄泉与女仆的日文发音相近。——译者注

129

常者吸引体质，再说得简单一点，你就是个纯粹的麻烦制造者……比如这次，你不带任何目的不具任何意志的这一点，让人十分难办。"

"尤其是对像我这样的军师而言。"子荻接着说。

"所以我们把像你这样棘手的存在简称为'无为式'。"

仅仅为了漫无目的而存在，仅仅为了空洞无为而存在的公式——比起零崎比起人识，只要存在就会带来更多麻烦的绝对方程式。

"……这样说也没错。虽然你和我很像，但你被赋予了目的，而我则拒绝接受目的，在这一点上我们终究还是陌路人。若说你是军师，那我可以算是欺诈师吧。"

"是吗？"子荻闭上眼睛点点头，"……那么，格杀勿论。"

前言到此为止，子荻以谨慎的步伐慢慢向我逼近，而我则没有摆出任何姿势，仍旧站在原地。她似乎对此感到了些许困惑，但并没有停下脚步，而是继续前进，一直逼近到剑道中所说的一步一刀的距离，就在这时，"慢着。"

我喊出暂停的话语。

子荻摆出的架势一下子僵住，垮了下来。

"你、你这是——"

"不要误会了，我可并没有打算要与你为敌。"

"……什么意思？"子荻一脸怀疑，再次与我拉开距离，"眼下你还能有别的选择吗？"

"还可以背叛。"

我理直气壮地回答道,就像之前子荻面对哀川小姐做出逃跑宣言的翻版,不卑不亢,毫无恐惧与胆怯。

"背……背叛?"

"没错。仔细想想,面对剑道二段的你,我毫无胜算,甚至连逃跑都很难做到……这样一来不就有'背叛'的选项了吗?"

三寸不烂之舌灿莲花。

"你说的'背叛'……具体是指什么?"

"我可以告诉你刚才逃跑的小姬以及哀川润的藏身之处。"

"你要出卖她们吗?不过就算我不接受你的提议,"子荻盯着我,似乎在观察我的反应,"只要把你的骨头打断那么一两根,也能让你吐出这些情报。"

"那可不行呀,完完全全行不通的呀,子荻。你要是那样做,我可以在此发誓自己绝对会说谎,话说在前头,说谎的水平我可是炉火纯青。"

"我有信心让你说出真话。"

"但那样一来心里多少会有点不放心吧,毕竟如你所说,我可是与哀川润对等的存在,不是吗?而且子荻啊,这种情况下我提出'背叛'的提议,其实具有相当大的意义。你身为'军师'应该能明白吧,虽然很不可思议但你自己也曾经说过——'赤色征裁非常讲义气',事实上哀川小姐当时也没有去追你。而为人非常讲义气,就意味着对自己人没有戒心——我没说错吧?"

"假如我伤了你，"子荻仿佛是在向我确认，"就必须要经受哀川润的怒火。可若是你选择'背叛'她的话——"

信赖是可悲的，正因如此，背叛才会那么痛彻心扉。

"那样不就有了军师你的可乘之机了吗？"

"话又说回来，这个交易除了让你'不会在这里受伤'之外，对你还有什么好处？"

"老实说我根本无所谓。嗯，虽然我刚才的确是打算让小姬逃走再和你对决——抱着这种潇洒的想法。不过后来一想，我好像也没那么讨厌你，不把人视为人的非人类——你这一点我很喜欢。"

"……"

听了我的话，不知为何子荻像是受到惊吓一样向后退了一步，我还以为她铁定会就这个话题反驳一番。这稍稍出乎我预料，不过我可不会因此就放过对手的破绽，接下来就是追击的时刻。

"或许我的确是无意义的'无为式'，不过你的行为也并非出于自己的意志。你与我一样，都是不会自己选择的人，我们之间虽不尽同，但也存在共同点，可以说是同类。我呢，对子荻这样品格高洁而又无欲无求的高贵人类是非常喜爱的，而且我也并不想与自己喜欢的人为敌……可以的话我还想尽量跟你搞好关系。"

"也就是说。"

子荻不自然地深呼了一口气，看上去十分困惑。

"你对我——萩原子荻抱有爱慕的感情是吗？"她如此说道。

"……"

好像有哪里不太对……何止不对，整体都理解错了，怎样都好啦，搞不好这正是军师子荻的心理战术。那我也只能继续贯彻自己的手法了，不，不光是要贯彻，还要一鼓作气贯穿对方。

"关于这点，你想怎么理解都是你的自由。啊，当然之前说的'背叛'……呃，按你的说法是'交易'，怎么都好，总之这是一场军师与欺诈师之间的攻防。也用不着白纸黑字的契约，就这样我们继续对决。或许你现在就已经被我欺诈了也不一定，若是没有以'计策'胜过我的自信——你也可以无视这个交易，想打断我的手也好脚也好都随你便，反正我是不会反抗的。"

"……"

子荻一时间露出了烦恼的表情——然而非常不自然，一看就是在演戏——随后又凝视了我一阵。

"好吧……你要是觉得自己能骗到我的话就请放马过来吧，欺诈师先生。"

她说完便向我伸出了左手。

"这自不用你说。我无论是骗人还是被骗都相当擅长，尤其是以喜欢的女孩子做对手的情况下。"

作为回应，我伸出了右手。

"……"

"……啊哈。"

萩原子荻笑了，笑得像是正值青春年华的女高中生。

第六幕——极限死亡

紫木一姬
YUKARIKI ICHIHIME
・委托人

0

谎言乃人类之终结。

1

于是，我就这么顺理成章地背叛了哀川小姐和小姬——那么，到底是怎么回事呢？当然，自不用说，这是我为了在当时的情况下能够不使用暴力而顺利脱身才想出来的办法。然而"此时此刻"——在我宣称要前往哀川小姐的藏身处，正带着子荻走在陌生的教学楼内的现在，我内心实际的想法却还是模棱两可。

也就是说在当下的时间点，我其实可以倒向任何一方，既可以继续像这样将子荻带向错误的方向，或者也可以转向小姬正在前往的哀川小姐所处的理事长办公室。若我打算背叛则随时可以背叛，若要贯彻骗局也可以贯彻到底，眼下的选择简单明了，是究极的二选一。

话虽如此——

"不管怎么选结局也没差吗？"

"你在念叨些什么？"

"哪有，我什么都没说。"

"话说回来，她们真的在这栋教学楼里吗？可我怎么记得紫木刚才都是往相反的方向逃走的。"

"那是故弄玄虚，因为小姬一定也觉得我马上就会被你解决掉吧。"

"哼……是这样吗？"

明明结局已经显而易见，而我却迟迟无法做出决断的原因——就是身边的萩原子荻。虽说总算是让她接受了我的提议，但不知为何从刚才开始她的态度就一直很冷淡。尽管我是外来者，她对我冷淡也是应该的，但我还是觉得有哪里不太对劲。

而且还有玉藻的账没算，她被那么残忍地杀害，之后还被当作道具使用。而把她当道具使用的人，现在就在我身边，与我并肩而行。即便我自己并不怎么喜欢玉藻，但也太过分了。

接着是理事长的事件——犯人真的如我猜测的是子荻吗？至少我现在还在怀疑。理事长槛神能亚同玉藻一样——不，死状比玉藻还要凄惨。若是"军师"的反叛行为，那在我身边并肩而行的子荻其实是在欺骗我吗？还是说这正是"军师"的尔虞我诈、扮猪吃老虎之策吗？

关于她的真实想法，我完全无法做出任何判断。

呼，考虑这些事情还真是累人，麻烦死了，要不干脆就真的背叛算了？照这样下去我感觉可以同子荻成为朋友，而与哀川小姐战斗应该也很有意思，反正不管是与她为敌也好为友也好，感觉都差不多。另外，子荻的头发还真是好看，要是随便摸上去的话她会生气的吧？

"你老是盯着我看什么？没礼貌。"

子荻停下脚步，满脸怀疑地转头看向我，似乎是感觉到了我的杀气？要是这里给她留下不好的印象就坏事了，怎么说来着，第一印象是打好人际关系的关键。

"不，哪有，我什么都没看。"

"真的吗？"

"是真的。话说回来，子荻。"

你的头发真漂亮，刚想说这句话，还没说出口又被我吞进了肚子里。对子荻来说，诸如此类的赞美，想必她早就听到耳朵生茧了吧。若是如此，则这句话很有可能会被她当作耳边风，而我也会被当作是平凡庸俗的无聊男人，这就很危险了，所以此时有必要提出与众不同的看法。

"我怎么了吗？"

"子荻，你的身材真好。"

子荻当场摔倒在地上。

……我还是头一次看到，有人会平地摔跤。

子荻从地上爬起来，整张脸通红通红的，一直红到了耳朵根。

她狠狠地盯着我，嘴巴一张一合像是想说什么，结果却什么都没说出口，美丽的长发一甩便快步朝走廊前方走去。唔，看样子我的搭讪似乎是失败了（虽然我就是冲着这点来的）。

唉，算了，学会放手也是打好人际关系的关键。

"啊，对了。"子荻往前走了一小会儿，似乎想到了什么，"我好像还没问过你的名字吧，没有称呼实在是很不方便，可以的话请告诉我你的名字。"

"喔，我迄今为止还没有……"

我一边若无其事地回答，一边从走廊旁边的窗户往下面看去。现在我们走在二楼，不是很高——而正因为不是很高，我才得以发现在教学楼之间的绿化带中晃悠的小姬。

为何她会在那种地方？就算从距离上来说要去教职楼得花上一段时间……但我怎么也想不出她会有什么理由要在这种风马牛不相及的地方徘徊。小姬的身影没入植被的阴影中，一下子就又找不到了，但我刚才不可能看走眼。

"你怎么了？"

"没啥，呃……嗯。"

难道，小姬是因为担心我才会在那里的吗？因为担心我的安危而跑回来一看，我们却已不在中庭，所以她这是正在寻找我和子荻的去向吗？

这是多么、多么令人困扰的家伙啊，未免太有情操了吧。即便我正如子荻所说，具备吸引奇人、怪人、狂人的才能，但也从没见过像她这样会为别人考虑到这种程度的家伙。明明都跟她说了一切交给我，到底她要跟"那家伙"相似到什么程度才算个头啊。可恶……有完没完了，真是让人火大。

"那个，我在问你的名字是什么。"

"……啊啊，名字是吧……名字名字……"

子荻尚未察觉到小姬的存在，若是察觉到了，搞不好她会直接从这窗户跳下去抓人，毕竟子荻也没有什么理由非得跟哀川润正面交锋不可。同样小姬也没发现我们，她要是发现了我们，也就不会在那种地方徘徊了。

既然如此……既然如此，那我就继续当我的欺诈师吧。

"这样，我们来玩个解谜游戏吧。"我为了不让子荻看到窗户外面的情形，整个人转过去面向她，挡住了她的视线，"我会给你几个提示，请你猜一猜我的名字。"

"喔，好啊，我很喜欢解谜呢。"

我倒是很讨厌，当然，这点不会说出来。

"总共会有几个提示呢？"

"有三个提示，你可以问我三个问题。只要不直接问我的名字或是类似的问题，其他的你问什么都行。"

"嗯，不错，我接受了。"

接着子荻思考了一阵子。

专注地思考，连小姬的事情都放到了一边。

"那么第一个问题，请告诉我你所有的昵称。"

"昵称？"

"比如说紫木口中的'师父'，还有赤色征裁口中的'小哥'，那都是在叫你没错吧？就是诸如此类的称呼，请你告诉我。"

"嗯，现如今我被别人叫过的称呼，除了刚才的'师父''小哥'之外，还有'伊君''伊字诀''伊兄''伊之助''戏言跟班'以及'欺诈师'。"

"总觉得尽是很逊的昵称……关键词是'伊'吗？"

"这是第二个问题吗？"

"不，只是确认一下。不过话说回来，为什么紫木要叫你'师父'呢？"

"谁知道呢……我自己都想知道为什么。可能她觉得自己是戏言跟班的弟子？"

"好吧……接下来是第二个问题，如果把你的名字用罗马字拼写出来，请告诉我其中有几个元音几个辅音。"

哎呀，我提出这个游戏不过是为了分散子荻的注意力，她这么认真倒让我有些惊讶。不愧是"军师"，一下就抓到了关键，不直接问我名字的字数反而问这个问题，真是狡猾得不行。

"元音有八个，辅音有七个。"

"嗯，原来如此。接下来是最后的问题，如果把'a'当作'1'，'i'当作'2'，'u'当作'3'……以此类推，最后把'n'当作'46'。用这样的方式把你的名字换算成数字，其总和

141

是多少？"

我感觉被逼到了墙角，大脑飞快地运转。

"总和是134。"

"还真是奇怪的名字呢。"

子荻一脸古怪地笑着。

"也许吧，搞不好是假名也不一定。毕竟迄今为止我只告诉过别人一次自己的本名，并且引以为傲呢。"

"是这样的吗？"

"没错。另外，虽然我觉得你多半猜到了正确答案，但你还是不要用那个名字叫我比较好。迄今为止叫过我本名的人只有三个，而现在没有一个人还活着。"

"……只有，三个人吗？"

"其中一个是井伊遥奈，是我的妹妹，死于飞机对撞的事故。另一个是玖渚友，是我的朋友，活着也不像活着，虽然没死但也跟死了没什么两样。最后一个是想影真心，是我的……算了，不知道该怎么形容。这家伙全身上下都接受了各种人体实验，最后死于烈火焚身。"

"都是因为叫了你的名字吗？"

"我是这么认为的。"

"……那么，我该，怎么称呼你呢？"

"怎样都行，随你喜欢……"

我一边说着，一边向窗外看去。很好，小姬已经不见了，也不像是在哪里躲藏了起来,像是平安无事地离开了这里。

我在搞什么,明明尚未下定决心接下来该怎么办,是要背叛还是继续欺骗,却又抱着"先做了再说"的心态放跑了小姬。我这到底是要干什么啊,连我自己都搞不懂,甚至还说了一大堆不必要的事情。

搞了半天结果同时想起了三件令人不快的事情,亏我费了好大工夫才忘记的。

不对。

我并没有忘记。

甚至都谈不上想起,因为这些事,一直在我脑海里徘徊。

"啊,对了。不好意思打断一下。"

子荻从胸前口袋里拿出类似手机一样的,与玉藻带着的同款的无线电对讲机,接着便与某人取得了联系。

"嗯,是的,现在正在进行下一步计划,已经找到了'协助者'。是的,请放心交给我——目前所在的位置是——"

是定期联络吗?上下级之间信息的双向传达非常重要,果然还是有必要定期进行联络。倘若在战场上让士兵自由发挥肆意妄为,那仗也就没法打了。不过在理事长已经亡故的现在,子荻到底是在跟谁联络呢?是某位教职员吗,或是那位"病蜘蛛"?

"那我就汇报到这里了,理事长。"

子荻说完这句话,便切断了对讲。

虽然我没在脸上表露出动摇的表情——但我的心里有如暴风过

境，一片混乱。为什么到现在还要继续增加令人烦扰的事情啊，刚才她是怎么说的？是对谁，说了怎样的称呼？

难道还有其他人也叫作理事长吗？不对，刚刚也有可能是子荻的演技，可是她有什么必要来演戏给我看呢？

这样一来，既然子荻并不知道理事长的死讯——那她就不可能是凶手。仔细想想，我推测她是凶手本身就没有任何根据或证据，仅仅是因为玉藻像理事长那样被杀害，才做出了那样的假设。然而，若是更深入地思考下去……

"子荻，现在换我问你……西条玉藻是你杀的吗？"

"什么？"子荻脸上的惊讶发自真心，"为什么我萩原子荻，非得杀害自己的同伴才行？"

"……呃，你看嘛，毕竟只有与身体分离的部分被那样放在中庭里。"

"请你不要说这种莫名其妙的事情，我可没有那样的技术，那种事情除了'病蜘蛛'以外没人能够做到不是吗？"

对了，这么说来，理事长和玉藻的尸体，两者的切面是不一样的。理事长的切面非常粗糙——而玉藻的切面却相当平滑。没错，小姬之前好像也说过——曲弦师"病蜘蛛"，对我而言只能用来编织索降用绳索的线，到了"病蜘蛛"手上却摇身一变成为杀人凶器，她就是这样的奇人。

"说我杀害同伴实在是太过分了，我不过是赶到现场后，将地上的尸体用到了下一步计划中而已。"

"……"

你这也好不到哪儿去,也许是作为"军师"的身不由己吧,看来子获果然还是欠缺了一些身为人类应有的情感。虽说悬梁高校的责任是跑不了的,但她自己本身的人格多少也存在一些问题。

可是,站在子获缺乏情感的军师立场,没有必要无意义地牺牲同伴——减少可用的"棋子",就像没有棋手会因为某个棋子派不上用场就将其舍弃掉。

也就是说"病蜘蛛"作为与军师相对的另一极,比起子获更像是玉藻——更偏向狂战士那一类吗?

那么,究竟该怎么解释密室之谜还有解体之谜呢?从切口来判断,杀害理事长的并不是"病蜘蛛",而是另有其人。是子获吗?可如今杀害玉藻的人既然不是她,我怀疑她的理由也站不住脚了。至于玉藻,已经遇害的人就没有必要再怀疑了吧。

这么说犯人果然还是某位"教职员"吗?要说起来,直到现在仍没有任何教职员站出来处理事务,这一点实在过于奇怪。假如说他们之中有人伪装成理事长,正在继续指挥子获她们的行动,假如说军师子获才是被吊住脖子的傀儡任人操纵。

这所学校上演的是群魔乱舞的权力斗争。

如此毫无梦想,没有一丝希望的玩意儿,居然把我、子获、小姬、玉藻、哀川小姐都卷了进来,以为这样还能全身而退,称心如意吗?

你这如意算盘——就由我来砸碎。

"你怎么了？突然就不说话了。"

"不，没什么，我的特长就是突然不说话。对了子荻，我们继续刚才的解谜游戏吧，你平时有看推理小说吗？"

"我为什么要看推理小说？"

子荻歪着头，讶异地问我。

"呃……为了打发时间，或是学习之类……"

"用看书的方式学习吗……从书中获得的感性始终还是不如现实生活来得更加强烈。"

"可惜他也没说要把书'丢到一边'，不过你真的读过田山花袋吗？"

"当然，只要是高中生都读过吧。"

理所当然的口气。

"……好吧，下面是解谜的内容，假设……"

我隐去事实（我当然不可能告诉她小姬就是当事人），用戏剧化的方式向子荻说明了理事长的密室杀人事件。绝对无法绕过的铁门、屋内的死者、状况惨烈的尸体、悬吊的怪异场面、二重上锁的窗户、建筑的顶楼以及单向通行的通风口。

"简单得很。"子荻说道，"这哪里算得上是解谜？"

"很简单吗？"

我向子荻提出这个假设性的问题，一方面是想听一听她的意见，另一方自然是想试探一下她，若她真是"杀害理事长的凶手"，肯定会露出某种程度的马脚。可如我所见，子荻并没有展现出一丝一毫的动摇，脸上分明是充满了遗憾，一副"明明期待着能听到难题结果却如此简单"的表情。

"那答案是什么呢？"

"一开始门就没有上锁吧。"子荻说得理所当然，"刚才的说法，会让人以为门一开始就是锁上的，但其实一次都没有确认过吧？那这不过是自以为是地将并非密室的状态当作密室来理解罢了。"

曾经有人在某时说过一句话："如果我们判断某个房间是密室，那就有两种可能性。那真是一间密室，抑或那并非一间密室。"是这样吗？即便看上去是一间密室，也不代表那一定是密室，这不正是老套的骗人伎俩吗？

用一个谎去圆另一个谎，只会愈发露出马脚。既然如此，不如从最开始就撒一个足够大的谎，之后就没有必要再去圆谎了——是这么一回事吗？如果大门一开始"只是关起来了而已"，而并没有上锁的话，那任何人都可能成为杀害理事长的凶手，密室只是我们先入为主的误解。

"不对，并不是这样。"

假如事件现场的第一发现者是我和小姬两人，那把子荻的回答当成正确答案也没问题，但当时还有另一个人在场，哀川润也在那里。既然她也在场，那就不可能会发生如此低级的误判。

"是吗？那就——嗯，第一现场也许并不在那间屋子里。比方说凶手将尸体破坏之后，再从某个空隙——例如通风口之类的地方，依次把零散的部分丢到房间里。若是利用通风口的话，就算不进入房间内，也可以把头发缠在日光灯管上吧。"

"可是通风口只能从室内打开。"

"所以我说是打个比方。既然都已经把尸体处理了，就算不是通风口，也总有其他的通路或者缝隙可以丢进去的吧？比如垃圾滑槽，或者排水沟之类的。"

"唔……"

"或者就是有备用钥匙。"

这又是个，既无梦想也无希望，甚至连勇气都不需要的解决方案。不过，对有人死亡的事件还要求过多，要说的话这才是不对劲的地方吧。

我有种钻进了死胡同的感觉，都想去借猫手[①]了。这种俗语，换小姬来不知道会被说成什么样子呢？

"……嗯？"

好像，快要想到什么了。

"算了，解谜就这样吧。抱歉，净说了些无聊的事情。不过话说回来，这所学校……还真是个怪异的地方啊。"

"是这样吗？我个人倒是蛮喜欢的。"

"你就没想过，自己或许可以过上普通的人生吗？"

"你觉得还有其他的人生，可以让我发挥'军师'这一特长吗？"子荻脸上露出无畏的笑容，"就像你的'无为式'一样，根

[①] "借猫手"是日本的俗语，形容需要帮助的急切程度。——译者注

本没有发挥的场所——啊，对了，你上过普通的高中吗？"

"没有，我连义务教育都没有上完，那之后……"她应该知道ER3的事情，但这里还是不告诉她比较好，"通过了入学考试，现在是鹿鸣馆大学的一年级生。"

"这都是实话吗？"

"我可没说谎。只不过是，没有说出真相而已。"

"如果打算向对方隐瞒什么，那跟说谎也没两样吧？"

无关时间、无关场合、无关事项、无关顺序，这就是"军师"与"欺诈师"之间，暧昧的对话。谎言、隐瞒、欺诈、骗局、胡扯、伪装、诱导，这世上哪里还会有如此虚与委蛇的对话呢？

"子荻，你将来有什么梦想吗？"

"将来也不过是由现实组成罢了。嗯，如果能够顺利'毕业'的话，我想自己八成会进入神理乐工作吧。"

"工作么……听上去还真意外，最后会成为诸葛孔明或是汉尼拔之类的人物吗？我还以为女孩子的幸福，会是一些其他的不一样的东西。"

"哎呀，这可真是迂腐的想法。你难道想让我这样的人，去当家庭主妇吗？"

"我可没这样说。落到那种地步只会让你变得不幸，这点我还是很清楚的。行吧……毕竟幸福这种事情，也只有当事人自己清楚——先不说这个。"

我无意义地继续拖延时间，通过楼梯来到了上一层，然后进入

149

走廊，一边前进一边向子荻问道。不过我这次问她的是我真正有兴趣的事。

"这样下去，等我把你带到了哀川小姐的所在地，你打算怎么做？虽然我不觉得身为'军师'的你会毫无策略地向人类最强发起挑战，但我也不认为，面对那种一人足以成军的家伙会有什么招数能够行得通。"

人海战术在哀川小姐面前行不通，而阴谋诡计更是碰不到她的边，就连我这个"欺诈师"，也想不出任何能够伤到哀川小姐的方法。或许如子荻所说，若她得知我的"背叛"，多少应该会受到一些冲击，可即便如此，这份冲击也会马上化为她前进的动力，哀川小姐就是如此强大的存在。

"若说招数策略的话，我当然有。"然而子荻自信满满地说道。

"赤色征裁是人类最强的承包人，但她也只是承包人的人类最强——这就是我瞄准的地方。"

"……嗯。"

"即便对手是人类最强也好，我萩原子荻行不更名，坐不改姓。你就好好看着吧，我可是连差遣恶魔都毫不抗拒的人，是要堂堂正正地不择手段，要出其不意从正面偷袭的人。"

也就是说，要针对哀川小姐的盲区出击？对那个人来说，别说盲区了，就连弱点和矛盾都丝毫不存在，想要得手实在是太过困难。

此时我又注意到了，没错，那个密室之谜，我的思绪又回到了那里。说的是啊，无论那是多么、多么细心周到的犯人创造出来的密室，对面可是那位哀川润。哀川润没有弱点不含矛盾——既没有不可能也没有不可思议，有的只是不合常理。这种老套的密室之谜，哀川润在密室出现之前就能将其解决掉。无论密室的真相是"门其实没锁"这类低级的解释也好，还是别的什么也好，结果都不会改变，这种谜题对哀川小姐来说根本不值一提。

明明如此，哀川小姐却仍未解开任何疑点。

"为什么……？"

为什么会这样呢？这才是最不合常理的地方不是吗？身为人类最强居然在这种问题上踌躇不前，简直是不公平地违反规则。仿佛是解不开谜团的名侦探，人畜无害的杀人鬼，为他人而奔走的戏言跟班，充满矛盾。

如此一来——不，正因如此，关于那个被破坏的尸体，不就有了简单易懂的意义吗？就是那堆被链锯给破坏——被锯得支离破碎的槛神能亚的尸体。

重新构建、近似表达、加以应对、最后编纂结果。

与此同时，我又推算到更加重要的地方。关于密室本身都根本不成立的压倒性的骗局，我从真相开始逆向推算，追本溯源，抵达了最原始的开端。

当我询问玉藻之死的真相时，子荻回答的内容。

"请你不要说这种莫名其妙的事情，我并没有那样的技术，那种事情除了'病蜘蛛'以外没人能够做到不是吗？"——"请你不要说这种莫名其妙的事情。"

仿佛是在说我把本应一清二楚的事情给弄错了一样。说起来，玉藻也讲过类似的话。话中的那份不协调的感觉，若说从误解中衍生出了什么意义，若说名为市井游马的三年级生，其实并不存在——

如果说。

我其实已经知道了病蜘蛛的真身——并非没有察觉，而是无法察觉，其原因就在于——谎言。

我被骗了。

"——不、不会吧。"

这一声并不是我发出的，而是子荻。她在我身后停下脚步，接着脸色变得惨白，双目无神，露出一副错愕不已而又绝望不已的表情。我不明白她为什么突然浮现这样的表情，思绪也暂时中断。

"……怎么了，子荻？"

"刚、刚才的解谜——难道是理事长？"

"……"

我懊悔不已，完了，让她察觉到了。

本该如此，连我这种程度都能推断到的"真相"，身为这所学校的"军师"，萩原子荻没有理由推断不出来，都怪我不小心给了她那么多提示。从她自己说过的话反推，再加上我的态度和意有所指的谜题——让她察觉到有事发生，以及到底发生了什么。逆向推理本来就是军师的专长，我已经无数次刷新了对这个军师小姑娘的认知，然而我仍然低估了她。居然光凭那么一点信息，就掌握到了事情的全貌。

这是何等了得的头脑。

这是何等不幸而又悲哀的头脑。

"等一下！这一定是骗人的，理事长刚刚还在用无线电联系我。"

子荻脸上带着半笑不笑的表情，原本优雅流畅的步调现在半点影子都见不到，宛如孤魂野鬼一般，就这样摇摇晃晃地来到我面前。仿佛是在寻求救命稻草一般，仿佛是在渴求温柔怀抱一般。

我陷入了迷惘，要说谎话吗？这时候说谎还能掩饰过去吗？即便我能够左右子荻行动的方向，可我又能够左右子荻已经察觉到的真相吗？不，问题不在于我能不能——而在于我要不要。

我还要再继续下去，一而再再而三地对她说谎吗？

明明这次绝非戏言。

"快说啊……我——"子荻几乎已经喘不过气来，向我追问道。

"我母亲她，难道已经——"

"嗯，她早就已经，被杀害了。"

这一次，欺诈师没有说谎。

2

然而真正对子荻造成冲击的,还是在下个瞬间。

咻咻咻咻——

仿佛撕破空气一般的声音传来。接着,子荻正要揪住我胸口的右手发出了奇怪的声音。

扑哧。

就像是"仅仅掉了个零件"一般,她的右手从手腕处被连根切断——接着失去支撑的手掌在空中旋转着,然后就这样"咚"的一声,掉落在没有灯光的昏暗的走廊地板上。

"啊——"

子荻茫然地看着自己的手掌,然后又看着自己少了前面一截的右手。没有发出悲鸣,甚至没有呜咽,就这样移动着视线——朝背后看去。

一片昏暗,什么都看不到,深邃的黑暗令人不快。而在这黑暗中,慢慢浮现出一位黑衣少女的身影。

"不小心暴露了呢。"

随着这句台词。

"聪明反被聪明误，就像润小姐说的一样。实在、实在是跟不上计算，超乎我想象的突发事件太多了。萩原学姐还有西条同学都是如此，原来师父你也是一样，简直太出乎意料了。我还在想润小姐难道也开始用起了助手……没想到竟然会是这种人。"

脸上浮现着阴郁笑容的紫木一姬出场了。

"啊，唔——"

即便是自己的手掌被切断了，子荻还是毫不犹豫地打算直接冲向小姬。但二者间的距离根本不止九步，还要更远一些。这样的距离，对小姬而言——

对病蜘蛛而言，根本构不成威胁。

小姬轻轻摇头，仿佛在说"真拿你没办法"。然后向我和子荻伸出了戴着黑色手套的双手。

"聪明反被聪明误——所以。"

宛如在指挥整个乐团一般。

小姬的手指"唰"的一下向上挥起，随后"噌"的一下重重落下。

"你的意志，就此终结。"

"咻"的一声，在我听到的同一时间，子荻的身体突然在空中定格不动，但也仅仅是定格了一瞬间，就在下一秒——她的身体仿佛是垮塌的积木一般，按照顺序规规矩矩地散落在地面上。

已经是第二次了，所以我才能勉强地辨认出来，那如同活物一般在空中伸展着的，极细的"线"。线上闪耀着血的光泽，闪耀着黑暗的光泽，而且还发出着"咻——咻——"的声音。

这是小姬回收线时的声音。

"说到底军师还是对抗不了狂战士呢，学姐。如果你想要活下来，就只能像一开始那样通过奇袭来封住我的手脚，或者在我没有办法编织蛛网的室外来决出胜负才行。在你两次抓住机会却又错失机会的时候——你就已经输了，萩原学姐。"

"可是。"小姬接着说。

"我真是没搞懂……像你这样的军师，居然会如此轻易地踏入'敌人'的领域里，简直就像是恋爱中的女高中生一样浑身破绽。不过这都已经无所谓了。"

对着子荻的尸体说完这些话，小姬转过身来看向我，带着一抹微微阴郁的笑容。

"虽然我是打算向你道谢……不过你似乎，不是为了救我而来的吧。"

"没错。"小姬点点头，"因为不小心让萩原学姐察觉到了真相，小姬自己其实也希望能够尽可能不杀学生的——"

"你之前不是已经杀了一个玉藻了吗？"

"啊，是的，是这样没错。"

就差没说出是自己不小心忘记了。

"我是杀了她，因为目击者很碍事嘛。"

没错——就是病蜘蛛。当时我们通过吊索从教学楼逃脱之后，她假装是在回收"线"，其实是在扯动预先缠在玉藻脖子上的琴弦对吧。

"不过考虑到那时萩原学姐已经收到消息,似乎我还是晚了一步。"

"……可是,仅仅靠你扯动的力气,就能够切断人的脑袋吗?"

"可以切断哦。师父,我跟你说,小姬根本就不需要什么力气呀。像是摩擦力、压力引力重力磁力、张力应力抵抗力弹力离心力向心力、作用力反作用力、滑轮原理还有振动原理、弹力系数和摩擦系数——这个世界上可是充满了各种力量。所以小姬就算自己没什么力气也完全没问题呢。"

接着她轻轻挥动手指,虽然在昏暗中看不太分明,但依稀可见那对手套上一层又一层地缠绕着数不胜数的"线",就像是人偶师,抑或是魔术师一般——

然后我身后的玻璃悄无声息地裂开了。

"只是杀人的话,完全没问题的哦。"

没错,这才是使用曲弦线的曲弦师。

"你这可真是了不得的吊车尾,原来病蜘蛛说的是这种技术的名字吗……这一点是我误会了……难怪会陷入死胡同。小姬你彻底利用了这一点,把我骗得团团转呢。"

"我可没有骗你,只是说了点谎罢了。"

可是——这是一回事啊。

"一开始问你关于'病蜘蛛'的事情时我就觉得不太对劲了。明明其他的事情都一窍不通、含糊其辞,提到病蜘蛛却说得那么清楚。"

真正的"病蜘蛛"用的是更加专业的线……这句话也不过是小姬为了自己的目的而说的谎言罢了。对她而言，那种程度的线就已经足够，无论线本身的强度如何，到了曲弦师手上都能发挥出最为极限的效果。

关于那副手套的说法，也是半真半假的托词。仔细想一想，有谁会需要二十四小时都戴着手套呢？如果只是普通地使用线，那么光着手也是可以的——一直戴着手套，那只可能是真心打算要杀掉对方，没错，就像现在的情况一样。

逃跑……是不可能逃跑了，因为此时的走廊已经如同蜘蛛的巢穴，应该到处都布着致命的"线"吧。虽然只能看到其中的一小部分（大概是故意把看得清的线和看不清的线交织在一起），但可想而知其中的凶险。小姬用无线电确认我们在这栋教学楼里之后，就抢先一步来到这里，编织好陷阱等着我们自投罗网。

这可真是名副其实的"蜘蛛网"，其复杂程度可不是三言两语就能说清楚的。必须要清晰地掌握遍布四处的每根线的位置和张力，要准确地调整通过滑轮发挥作用的力度，而且对会触碰到的线和触碰不到的线必须做到心里有数。更何况，所有的机关都仅通过指尖来控制。室外姑且不论，但能够作为设置"线"的滑轮而存在的支撑点在室内可谓是要多少有多少——在这种环境下，病蜘蛛正是无敌而又千变万化的战斗技巧。所以在最初遇到子荻的时候，也难怪那四名学生根本连看都没看我一眼，只顾着全力对付小姬。而遇到玉藻那次，为什么她光是听到小姬的声音就心神激荡，在我面前露出破绽——其答案就在这里。得知比自己级别还要高的狂战士出场,即便是玉藻也无法保持冷静。而子荻选择在中庭埋伏我们也是理所当然,因为这种空旷的场所对小姬来说才是最大的罩门。"

"呵,原来如此……"

从踏上这层楼的那一刻起,我和子荻就已经被困在蜘蛛的巢穴中了。

"杀害理事长的凶手,也是你吧。"

"没错。"小姬仿佛没什么大不了地点点头,又仿佛没什么大不了地继续说道,"病蜘蛛的事先不说,既然连这个都被发现的话,那小姬也不得不把师父一起杀掉了。"

"被发现了——所以才下手是吗?难道你以为做出这种事还能永远瞒下去吗?"

"小姬是这么觉得的,也是这么盼望的,还是这么期愿的,更是这么祈祷的。"

"……"

"毕竟,润小姐非常讲义气嘛,她可不会来怀疑小姬的。"

哀川润唯一的盲点。

并不是"背叛",而是"欺骗"。

那个人——对同伴深信不疑。

"可那充其量不过是盲点,而并不是弱点啊。"小姬忧伤地继续说道,"呐……师父能够理解吗?润小姐一直以来过的是怎样的人生,师父多少也知道一点吧?润小姐她,一直生活在尔虞我诈、钩心斗角的世界，人们一靠近就互相残杀，甚至还来不及了解对方。生活在这样的世界里，每天都直面人性肮脏污秽的一面——即便如此，她还是全不在意地信赖别人，对小姬根本没有任何怀疑。"

光看这些台词，似乎还可以想象得到说话人眼中所含的泪花。然而小姬绝没有在哭，只是瞪大双眼，狠狠地盯着我。

"对小姬这样的人来说还真是讽刺，哀川润分明是那么出类拔萃的存在，却比任何人都讲究与他人平等相处。不过，这才是她的强大之处吧。小姬我实在是学不来，就连刚刚都还在怀疑师父，会不会是嘴上说着一切交给自己，心里却打着出卖我们的算盘。"

原来她寻着我的踪迹追过来，并非是因为担心我。不仅如此，甚至连最开始我从理事长办公室出走的时候，她也纯粹只是为了降低暴露的风险才追了出来。全部都是谎言，全部都是伪装。

为我担心哭泣也好。

为我拼命阻止也好。

为我穷追不舍也好。

为我伸出援手也好。

为我——展露那样纯真的微笑也好。

全都只是在扮演，我喜欢的女孩子罢了。

"毕竟，除了自己以外，谁都不能相信嘛！"

小姬重重地说出这句话，笑了起来。牵强地微笑，似乎是想强行重现那张纯粹的笑颜，然而无论她怎么努力，都只是显得扭曲不堪。

"随随便便地背叛、欺骗、推脱,若无其事地轻视别人,分明了解被伤害的痛,而又正是因为了解被伤害的痛,才若无其事地伤害别人。说穿了,大家都是——大家都是伪君子。"

"自己一个人会寂寞吗?"

"当然会寂寞。"小姬毫不迟疑地回答,"虽然会寂寞——但小姬还是要一个人活下去,即便要背叛、要欺骗、要推脱,也要一个人活下去。"

"是吗……是这样啊。"

"再说下去小姬会联想起某个人的,差不多现在就做个了结吧。"

小姬说完,"唰"的一下挥起手指——就在这一瞬间,我的身体突然被一股"寒意"所笼罩,让人感觉非常难受。啊啊,这就是,全身上下都被"线"所缠住的感觉吗?原来如此,最初我在"二年级A班"刚见到小姬时的那种毛骨悚然的感觉——并非他物,正是"线"所造成的。早在初次相见的那一刻,我就已经差点死在她手上是吗?当时柜子似乎在摇晃也不是我的错觉,而是因为我的脚触动了布置好的"线"。想必在那时,教室里就已经布满了无数看不清的线,在空中纵横交错,等待着嗜人的时机吧。

我已经被杀过一次了。

当时是出于第一次见面的警惕心。

而此刻则是出于对真相的过分知晓。

161

"小姬之后会告诉润小姐师父你已经先回去了。那么就拜拜了,永别了,师父。"

"若说不愿联想起某个人,对我而言倒是已经晚了。"

差点就要"嚓"的一下挥落的手指停了下来。

"……师父你,在说什么?"

"我之前没跟你说过吧,你真的……非常像一个人,非常像那个我小时候不小心弄坏的女孩子。那个女孩子从不认生,不知道什么是怀疑,什么是生气,总是笑容满面,是个非常可爱的好孩子。不管我对她做什么她都会原谅我,喜欢我胜过所有一切。"

"……这不是,完全不像吗?"小姬喃喃地说着,低下了头,然后低着头,继续喃喃地说道,"小姬可不是,那种可爱的好女孩。小姬的开朗只是表象,其实内心只会不断怀疑别人,永远焦虑不安,而喜欢上某个人,更是一次都没有过。之前表现出来的都是在演戏,都是演技,都是谎言,不过是在配合你演出而已。说到底……世上怎么可能会有那样的人呢?"

并非相似,只是模仿而已。

因为那种人,不可能存在。

"是啊,我也曾这么认为。世上怎么会有这种人存在呢?所以我把那种东西——尽情地破坏掉了。把好意当成虚伪,把信赖当成造作,毫不留情地踩了上去,践踏至极。"

"……"

"那真是痛快无比,没有比那更爽的了,光是回想起来都浑身舒畅，所谓的幸福，应该就是说的这种感觉吧。然后……却因此无比后悔，我居然不小心破坏掉了无可取代的真心真意。而那个女孩子又不像哀川小姐那般强大，即便被喜欢的我欺负了也只是默默接受，我明明早该知道的——"

为何我要说这些事？

为何如此滔滔不绝地叙述自己的罪孽。

因为后悔？怎么会呢。想要赎罪？搞错了吧。

没错——我只是单纯地试图重新来过而已。

这是因为，哪怕小姬向我追过来的行为只是谎言，但那时两人之间的对话绝非虚假，这并不是指小姬针对我说的话，而是她针对自己所说的话。

小姬声称一切皆为谎言。

我亦认为事实的确如此。

可是——

如果这世界是真的、真的、真的如小姬所说，真的如我所想，万物皆虚。

我们也就不用活得这么痛苦了吧。

明白吗？

小姬在我身前拼命庇护我的时候，身体颤抖个不停，倘若那也是演技——倘若连那也是谎言，这世上可能就真的只剩下谎言了吧。若这世上真的万物皆虚，而不存在分毫的真实——若连能够拿来比较的事物都不复存在，那这样的世界，跟万物皆真也不存在区别了。

"你为什么要杀害理事长?"

"就不能因为那个人是这所学校的理事长,所以就该死吗?如果说小姬曾经因为那个人而遭受了苦难,师父你就能认可我杀了她吗?或者说有朋友被杀呢?或者是被强暴呢?抑或是有重要的东西被夺走了呢?这样的话就能够认可杀人行径,从而圆满地解决问题可喜可贺吗?请不要再把别人当傻瓜了,所谓的杀人,完全不是这么一回事吧,师父。"

我被一位年纪比自己还要小的女孩子讲授了杀人的道理。究竟何为罪,而何又为罚,这位十七岁的少女对我侃侃而谈,娓娓道来。这个场景太过异常,即便身处这所悬梁高校的结界里,也异常到令人难以接受。

"那我换个问法,你是因为想离开这所学校才杀了理事长吗?还是说因为杀害了理事长,才作为行动计划的一部分希望离开学校呢?"

"两者皆是,但又两者皆非。"小姬冷淡地回答,"小姬希望摧毁这所悬梁高校,希望把这里的一切都斩草除根、夷为平地、寸草不留、赶尽杀绝。"

"……一开始,你就故意什么都不告诉我,包括被那两个女孩子发现行踪,也是有意为之对吧。"

"没错,要是顺利地逃离学校,不就没法去理事长办公室了吗?我早就知道润小姐一定会做出那样的决断。"

"而且在逃跑的时候,你还趁着被我抱住的机会,从我的口袋里取走了学校的地图。"

"要是有地图的话不就没法迷路了嘛。"

"你在破坏理事长尸体的时候没有使用病蜘蛛的技巧,这也是为了不在哀川小姐面前留下破绽。"

"没错,毕竟即便瞒得过感官,也瞒不过直觉嘛。"

"所以你干脆利用别的手段来破坏尸体,从而避开哀川小姐的直觉。"

"说得好像看到了一样呢。"

"接着你就模仿理事长的声音,通过无线电欺骗子荻她们,操纵她们照你的意愿行动。"

"正是如此,虽然计划进行得并不如我意。"

"好吧,这些必须解开的谜题作为前言就告一段落——接下来是真正的主题,小姬,想想未来的事情吧。"

"……咦?"

小姬一脸怀疑地看着我,眼神中蕴含着压倒性的负面情绪,拒绝一切的感情正在掀起狂风暴雨……虽然被杀也并没有什么大不了的,即便自己真是一无是处的"无为式",也没有什么大不了的。

但该做的事情就必须要去做。

这就是——我的任务。

我周遭的一切都会变得混乱无序、陷入疯狂,策略也好计算也罢,无论做什么都无法顺利进行,不会称心如意。

小姬。

你的目的由我来摧毁，你的意图由我来破坏，你的思念、你的期盼、你的愿望、你的祈祷，就由我来全部崩解吧。

"未来……"

"是啊，毕竟不确定的未来令人不快，不确定的因素令人不悦……嗯，有个光明的未来总是比较好的嘛。"

"你——你。"

"反正小姬你离开这所学校之后，也没有地方可去对吧？要不然去我那里也可以的，虽说只是一栋破旧的公寓，但刚好一楼还空着。房租也便宜得吓人，只要一万日元，尽管没有浴室，但离公共澡堂还是很近的。虽然谈不上是什么豪华公寓，不过倒也是个令人愉快的地方，房客们都非常有意思，这一点我可以向你保证。首先要介绍的是浅野美衣子小姐，她是一位剑术家，一位凛然潇洒的大姐姐，很会照顾人，她一定会对小姬你疼爱有加的。"

"……你在说什么？"

"楼上住着的是一位基督徒老爷爷。本名我不太清楚，不过他是一位很时髦的老爷爷，还是一名说唱歌手，光是看到他就会觉得很好玩，但这个人也很危险，不要太靠近他……然后是石凪萌太和暗口崩子两兄妹，他们两个可是整天形影不离，虽然哥哥性格很糟糕但妹妹是清纯系的，跟他们混熟了就会发现其实人非常好。"

"你在说什么——"

"一楼现在还住着一位刚搬进来没多久的女大学生，就是小姬你将来的邻居。她是浪士社大学三年级学生，名字叫七七见奈波。这个女人是最恶劣的，真想设法用小姬你的没心没肺来治治她的顽固不化。"

"你到底在，说什么——"

"而我的房间在二楼，随时欢迎你来玩。至于上学的话，反正你也是闲着，那就还是去上学吧，身为优秀的年轻人也总不能真的把每天都当作星期日来过。我看以你的性格估计也找不到工作，所以还是得找一所学校转学过去吧。虽然你一直上的是这种莫名其妙的蠢学校，之后跟不跟得上进度也很难说，但我会来助你一臂之力，也就是所谓的家庭教师。这样一来，那个称呼也不再是名不副实了。"

"——东西啊……"

"然后大家一起去做很多很多开心的事吧。"

"到底在说什么啊，你这家伙！"这时小姬终于爆发了，"你现在可是马上就要被大卸八块了哦！到现在还在讲什么废话——那种东西，什么将来的事情，小姬才不想听！事到如今，小姬我早就——早就没有任何未来可言了！"

还能够考虑"将来"的事情就证明现在仍留有余地，倘若现在都只有拼命挣扎才能够活下来，那就应该没有考虑那些事的闲心才对。

而此刻——小姬正在拼命挣扎。

不管做什么，反正到最后，都只是一死。

167

"所以你才打算跟这种学校同归于尽吗？完全是小孩子的任性妄为，被卷入这种女人自暴自弃的堕落情绪中，还真是束手无策。"

"你刚才说——女人自暴自弃的，堕落情绪？"

"我说错了吗？你的做法可以说是既卑劣又堕落——而且最最重要的一点，你又是那么可爱的女孩子，明明比我这个已经堕落的男人要好上无数倍，却甘愿舍弃自己的未来……所以，你才唯独不愿被同为女人的哀川小姐所讨厌对吧？唯独不愿被哀川小姐当成是'杀人凶手'。除了哀川小姐，其他的一切都毫无所谓……而且，假如自己就此走向终结，你也希望直到最后都能待在哀川小姐身边，是吗？这该说是感性主义还是浪漫主义呢？或者说只是单纯的英雄主义而已呢？无论是哪一出，都与我所崇尚的禁欲主义相去甚远。说实话，我稍微有点失望，对你感到失望。"

"你——你又懂什么！"小姬这回，才真的哭了出来，绝非演技，那是真正的眼泪。她毫不掩饰眼中的泪水，对着我大声怒吼，用仿佛声带都要撕裂开来的嘶吼，似乎在向我控诉，"别说得一副好像对别人的心情很了解的样子！像我这种杀人不过是日常的人，我的心情你又懂多少！"

"至少我知道这个人还是个哭哭啼啼的小姑娘，其实你也在害怕最后的结局吧？因为不知道自己会不会被哀川小姐所接受而感到害怕，怀疑哀川小姐会不会不再信赖自己。所以你才做出了这种，类似试探的行径。"

你的心情我能感同身受。

只因是自己的心情,所以非常了解。

虽然是自己的心情,但十分了解。

"一开始是'要是被哀川润讨厌了可怎么办?'——然后是'假如没有被她讨厌',接着便是'如果自己是那种就连做出如此行径都不会被讨厌的微不足道的存在'——"

"——啊哈哈。"

小姬的脸上突然之间迅速地失去了表情——无喜无悲,无生无死,一切的感情都不复存在——犹如舞台落下帷幕一般整张脸都垮了下来——波澜不惊。

"谢谢你,师父。"

小姬空洞无物而又简洁明快地说出感谢之辞。

"在最后,让我见到了一场美梦。"

接着,宛如乐队指挥一般。

"……是吗?是这样啊。"

行不通吗?

理应如此,我连自己都照顾不好,又何谈照顾他人的心灵呢?这样子不失败才怪,我可真是名副其实的"无为式"啊。

即便让她见到了再好的美梦——

面对扭曲异常毫无价值的现实世界,仍然没有任何意义。

无意义的无为式。

"啊,对了……我好像,还没有问过你的名字呢。"

169

"……"

最后这一刻,我又陷入了迷惘。明明直到刚才我还在试图拯救这名少女……如今我却在想着怎么毁掉她,犹豫着到底要不要,将这位站在悬崖边缘摇摇欲坠的少女推落谷底,能够毁掉的话就算毁掉也没关系吧。

想必那一定会非常痛快吧。

彻底毁灭一位可怜的少女。

"既然现在已经走到了这一步,小姬也没有办法再称呼你为师父了……还是直接叫你的名字吧,请告诉我。"

那我就告诉你名字,把我的名字一字不漏地告诉你,将这纠缠不清的蜘蛛丝,一根不留地彻底斩断好了。

"……算了。"

可是,我不会这么做。

似乎已经没有这样做的必要了。

"至少还是争取到了换衣服的时间啊。"

"……你说什么?那是你的名字吗?"

小姬说出了不慌不忙的话语。

啊,真是的——人太好了。

遇到的每个人,都是那么好。

这样一来反倒是我变成坏人了。

"我只是在自言自语啦……并非是在对你说。另外,你自己不是说过嘛。"

"……哈？"小姬眯起一只眼睛，做出不明所以的样子，"没听清楚吗？小姬在问你的名字——"

"我跟子荻也说过。不过第一个说出来'哀川润非常讲义气'这句话的是你自己。"

"……"

"虽然的确是我自己擅自离开了理事长办公室……不过呢，一开始把我带到这所悬梁高校的毕竟还是那个人啊。这种情况下那个人要是不闻不问、弃我不顾——你不觉得会有点过于寂寞了吗？"

"……"

小姬"唰"的一下立马回头。

在视线前方——

那是一抹宛如烈焰、犹如红莲的赤红……

一抹彼岸盛景般的绯红。

承包人露出嘲讽的微笑。

立于此处，仅此而已。

哀川潤
AIKAWA JYUN
承包人

第七幕―― 赤色征裁

0

被欺者必有其因，欺人者成就其果。

1

所谓"强大"到底指的是什么呢？如果说与幸福和不幸的评判标准一样，强大与弱小也不过是相对而言的概念，那么否定自己以外的一切即可定义为强大，而肯定自己过去的一切即可定义为弱小。哪怕并非如此，但若是要对任何事物做出判断，那也必须要有判断的基准和单位。

无论是单纯地拥有强劲的力气，或是宣称自己巨大的存在感，还是强调物理上的坚韧强硬，抑或展示精神上的刚毅顽强，光是装出一副游刃有余的样子摆出一副高姿态，这并称不上是最强之人的所作所为。做任何事情都手到擒来，世上所有的技术都出类拔萃，光凭如此也无法成为万人景仰的顶点。能够将某种能力发挥到极致,也不过是某个领域的天才罢了。所谓最强,既不是实现所有的欲求,也不是摧毁世间的一切,永远不败也好天下无敌也罢,仅仅这些都不足以定义最强。而光荣和名誉,就更是最强的反义词了。那么,究竟要凭借什么,要做到什么,才能够被定义为最强呢——绞尽脑汁思考到最后,基本上都会陷入自相矛盾的境地之中。

不过倘若向那个人阐述这些理论,想必她一定会带着一贯的冷酷笑容这样回答吧——

"我即为最强,身为最强无需理由。"

"果真如我所料……"

哀川小姐缓缓张开双臂,仿佛是在炫耀自己绯红的服装,脸上带着嘲讽的笑容,注视着我和小姬。

"故事的高潮,才正要上演呢。好不容易轮到我出场,要是还穿着一身黑就有点不够意思了。哎呀哎呀,不过是离开学校回了我的爱车一趟,没想到一不小心就花了那么多时间。抱歉啦,小哥,稍微来晚了一点。"

小姬不停地在颤抖,整个身体都在颤抖。看上去仿佛无法理解为什么哀川小姐会在这里,不,是为什么自己与哀川小姐站在了对立面。

"没关系的啦……反正通过三寸不烂之舌来争取时间可是戏言跟班的拿手好戏,哀川小姐。"

"都说了不要叫我的姓氏……用姓氏来称呼我的只有'敌人'。所以呢——"哀川小姐维持着自己的微笑,将视线固定在小姬身上,"所以你要用哪种方式来称呼我呢?"

"啊,唔——"

"你在干什么啊?"

"啊……"

"我在问你在干什么啊?嗯?"

"这样就——"

小姬她。

"就这样轻易地,结束了吗?"

仍然颤抖个不停。

"为什么——"

就连声音都在颤抖,却又拼尽全力。

"为什么还是不行呢?"

她用几乎快要消失的细小声音,悲痛地嘶吼着。

"到底是哪里不对呢?啊?"小姬并非对着哀川小姐,而是对着我的方向,这样问道,"明明自己都想过了……明明都想了很多,按道理应该会很顺利才对。小姬究竟——又做错了什么?"

"……小姬。"

"所以到最后,还是不行吗?"

"跟这种事没关系。"哀川小姐打断小姬的自述,说道,"'聪明反被聪明误'——你就是自寻烦恼想得太多了,还有小哥也是,另外那边那个尸体在地上滚的小姑娘也是。啊,走廊里这不是到处都溅着血吗?真是的——你们就没有别的事情可做了吗?难道你们以为，任何事情都是可以用理论来解释的吗？"

哀川小姐不耐烦地挠了挠头，似乎打从心底无法理解。接着她又叹了口气，仿佛长如永远，又仿佛是刹那之间。

"理论这种东西，不过是一加一等于二，零加零等于零罢了。要是想看什么漂亮的理论，就给我读小学一年级的数学课本去。这种幼稚的东西居然还去依赖、去追随、去跟从——你们都是蠢到家的笨蛋吗！"

愤怒地大吼。

已经不再微笑——只有愤怒。

而且是火冒三丈，怒发冲冠的愤怒。

"还说什么不行了要结束了……你这丧家之犬少在我面前鬼喊鬼叫的！我听了都替你脸红！我要是变得更红了你负责吗？笨蛋！啊？你以为只有自己活下来就算计划顺利吗？以为没被别人发现就算成功吗？擅自开始又擅自结束，别给我开玩笑了！这种愚蠢荒诞的闹剧根本就不可能成功的白痴！你这种涉世未深的小鬼少跟我哭哭啼啼的！小心我打爆你的脑袋！"

"啊，呜呜……"

小姬眼中的泪水扑簌扑簌地掉下来，整个人被强大的气势逼退一步，而我身上那股被"线"所缠住的不快感觉也已消失不见。在哀川润面前，她也没有闲心继续束缚住我——而且就算把我当作人质，对哀川小姐来说也只会起到反作用。小姬对此也应该心知肚明，正因如此，她才一直都保持着哀川小姐的同伴身份，而不敢与之为敌。

不对——或许并不是出于这种理由。

虽然可能这也是原因之一,但小姬只是单纯地……

"真没意思——简直无聊透顶!要跟我敌对就给我找点乐子啊!一个个都把真正该做的事情丢到一边,干的净是些毫无意义的事,成天就知道找借口说谎话曲解事物——一帮苟且偷生的东西!别再倦怠下去了!这么简单的事情,少给我装不懂!你们这帮家伙就不能再端正一点态度吗!性格扭曲还有完没完了!"

所以说……

唯有这件事,实在是做不到啊。

小姬做不到,我也做不到。

然而,哀川小姐没有停止怒骂。

"给我挺起胸膛站直啰!拿出自信抬起头来震慑敌人!不准放弃、不准灰心、不准随随便便就宣告结束!以为我会同情你们这帮小鬼吗?少跟我阿谀巴结恶心地套近乎了,你们是哪里来的野狗吗?陷入自我陶醉就少把别人牵扯进来,要烦恼自己一个人烦恼去,别来找我商量,你们那种变态心理,鬼才知道是怎么回事!不准舔舐伤口不准轻易妥协!不准简单否定一切,不准绕着弯子肯定!其他的事情随你们的便,唯独自己的事情要自己去决定!"

"吵死了!"

小姬用尽全身的力量喊出这句话,死死地——向哀川小姐瞪回去。眼里的泪水已然消失,没有留下任何痕迹。那已经不再是一双十几岁的女孩子该有的眼神——而是仿佛支离破碎的，从中找不到任何正常之处的，病蜘蛛的眼神。

全部都是演技。

纯真也好无邪也好，行动也罢好感也罢。

倘若真的全部都是演技——那倒还有救。

"现在已经完蛋了啊！所有的秘密都被人揭穿……人也杀了承诺也打破了同伴也背叛了——"

背叛，接着背叛，继续背叛。

欺骗敌人之前先欺骗自己人。

这种事情，永远在重演。

小姬此时的样子，实在是过于悲惨，简直惨不忍睹，让人怎么也舍不得抛下她不管不顾。

"够了……消停一下吧，小姬——"

"烦死了，给我闭嘴，少啰唆！别再那么叫我了！你这人怎么这么死皮赖脸的！"

小姬怒吼着，瞪着我。她双目圆瞪，丝毫不见任何纯真可怜的模样。然而这副表情，更加让人无比悲悯。

"别对我这么温柔了！要跟我做好朋友？想都不要想！这种事情——实在是恶心死了！"

"……小姬。"

"什么意思？你那是什么表情？是在可怜我吗？还是说在同情我？我还以为你对杀人凶手只会感到厌恶……这真是多谢你的好意

啊。不过呢——我杀的可不止理事长、西条学妹和萩原学姐哦。"

说着小姬眯起眼睛同情地看向我，眼里尽是不搭调的、从心底散发出的满满恶意。

"你还不明白——为什么从头到尾都没有任何'教职员'或'警卫员'出现吗？"

不可能出现的，因为那些人在我潜入学校之前就已经全部被干掉了。

我能想象得到。

教职楼，职员办公室。

就在理事长办公室隔着一层地板的下方——完全封闭的空间。

所有不见踪影的人都被封印在其中——

杀人凶手，已经完全不足以形容。

杀人者，甚至也不够确切。

在这有限的空间内，被四面的墙壁所阻隔，无法看到其中的景象。无论是活着的人，还是死了的人，直到整个空间崩坏的那一刻，都无法被人所知。

而到崩坏的那一刻，就已经迟了。

"反正这所学校，已经走到尽头了。"

"是吧，或许真是这样吧。"哀川小姐回答道，"可你还没有结束。"

她指着小姬。

"本小姐，是不会让你结束的。"

"……我都说了！已经够了，哀川小姐！现在已经结束了没有回头路了！"

小姬如此决绝地用姓氏称呼哀川小姐——接着猛地举起双手。

"咻咻咻咻"宛如孩童的啼哭一般，空气被撕裂的声音在走廊中回响，随即全部向着哀川润逼去。线的直径之细，速度之快，完全无法以双眼辨认出来。没错，从踏入这条走廊的那一刻起，我们就已经陷入了小姬编织出的蜘蛛巢穴中，这是无法否认的事实。以目前的能见度，即便是人类最强，在这封闭空间中应该也无法完全躲开经由四面八方的受力点、从所有角度逼近的"线"。

可是承包人——

根本没有闪躲的意思。

看不见的线缠上了哀川小姐的身体，大概就连小姬也没有想到会是这个结果，直接停下了手上的动作，一脸错愕地看着哀川小姐。而哀川小姐则故意嘲讽地回应小姬。

"怎么了？难道你想要我避开吗？都到了这种地步，你还在犹豫什么啊。还是说，哈哈，你是希望最后能够死在我手上吗？"

"唔……"

"被我说中了？不过真是遗憾，我实在是太——喜欢你了，所以你就好好等着瞧吧。别以为能轻易死在我手上，我可是要彻彻底底毫不留情地把你玩弄到底，用我无穷无尽的爱让你再也无法从我身边离开。哈，不过看样子你这个蠢货不死个一次估计也是改不过来的。"

"别开玩笑了——"

小姬死命咬住下唇,浑身颤抖个不停,这已经不是出于恐惧——而是对哀川小姐的愤怒。或者该说是——作为狂战士的,武人的震慑?

"不过技术倒是长进了不少,值得表扬。曲弦线末端没有绑石头还能完成如此精细的控线操作……你要是去杂技团的话可以吃一辈子的铁饭碗了。你是蜘蛛侠吗?亏你连这么麻烦的技术都能掌握得融会贯通。难道说是那样?我说小姬你,难道心里还放不下那个人?"

哀川小姐对着小姬哂笑道,摆明了是在嘲弄她。小姬身处压倒性的优势地位——身处自己编织的结界内,却仍然遭受到了如此嚣张的羞辱,气得她表情扭曲,忍不住怒吼。

"你还不明白自己已经被'将军'了吗?哀川小姐!"

"区区一个升格的兵而已,少给我自说自话了。好巧不巧,偏偏我就是与生俱来的王后——身为王者,就算有下位的棋子逼近,也完全不是问题。"

小姬仿佛终于下定了决心——然而还是,犹豫了一瞬间。不过终究也只是一瞬间,随即她"唰"的一下,将双手同时向上举起——

"结束了!你的意志。"

然后干脆利落地——

"就让你先见识一下绝望吧,我早就想把这孽缘给斩干净了,你这臭小鬼。"

然后——大概是我看错了吧，哀川小姐脸上浮现出的笑容，居然带着满满的柔情——然后——

"不过之后你还是可以放心，我们之间的这份孽缘，是怎么切也切不断的。"

2

手指仍在空中——还没来得及挥下，小姬就自己摔倒在了走廊地板上。准确地讲，应该说是正准备用力挥下的手腕仿佛被什么东西狠狠一扯，带得整个身体往前一倾，直接失去平衡跌倒在地。她一脸茫然，不知道发生了什么，就这么以十分狼狈的姿势趴在走廊地板上。

"⋯⋯欸？咦？"

"你怎么了？不小心摔倒了吗？嗯？"

哀川小姐她——自不用说，并没有变得四分五裂，完全是一副气定神闲的姿态，脸上还带着无声的浅笑。小姬立即挣扎着想要站起来，然而连这也无法做到，简直就像重度醉酒的人一样，脸朝下趴在地板上动弹不得。

我朝哀川小姐看去——完全看不出她动过什么手脚。这是当然的了，以两人之间的距离，哀川小姐也不可能动什么手脚。除非使用投射道具，或是使用超能力，否则根本无法把小姬弄倒——

不对。

她站的位置，跟刚才比好像移动了一点？

"似乎你为了增加重量、速度和粗细的变化而特意使用了各种类型的'线'呢——不过曲弦师攻击的原理只有一个，那就是利用'速度'和'纤细'去切割，跟切吐司是一样的道理。所以破解攻击的方法大致上可以分为两种——一种是'缓慢地移动'，另一种则是'快速地移动'。"

哀川小姐说出明显自相矛盾的话语，小姬完全没有听进去，只是拼命地挣扎想从地上爬起来。然而每次一挣扎，就仿佛被某种力量给牵制住，毫无抵抗地栽回地板上不成样子。简直、简直就像被看不见的线操纵着身体一样——

"啊！"

"察觉到了吗，小哥？没错，就是你想的那样。我所站的位置在小姬张开的'线之结界'之外——因此现在缠在我身上的线，无论以怎样的方式绕过了多少个受力点，最后总会连到她的那副手套上。这样一来就好办了，我只要比小姬的手指移动得更快就行了。以更强的力道，更快的速度移动就行了。"

等我注意到的时候——哀川小姐站立的位置又发生了变化，同一时间，小姬仿佛又被自己的手给牵动，再次倒在了地上。这个原理，就跟遛狗的绳子一样吧？不过小姬只需要移动手指，仅凭这微小的动作就足以发动能力。就这点而言，小姬娇小的体格配上短小的手臂，作为曲弦师正是再合适不过，因为她上下挥舞手指的动作比起普通人要快许多，这是一个非常强的优势。而与之相对，哀川小姐全身上下都被线所缠住，她想要牵制小姬就必须移动整个身体才行。这原理说起来简单，实际上却并没有那么容易。

"曲弦作为一种杀人技巧，其最大的缺陷就是从发动攻击到击中对手之间存在着延迟，这个延迟在我面前就是决定性的败笔。无论你的线速度有多快，想要成为本小姐的对手，那还早了一百年。倘若双方速度一致，那就是力量强大的一方获胜——这就跟拔河是一样的，一姬。软弱无力就是一种悲剧，拥有力量还是很有必要的对吧？虽然我不清楚这些缠在身上的线到底有多危险，但只要我动得比这些线更快，那它们就不过是普通的装饰物罢了。哈，终究不过是路边杂耍的水平，若你只能以静止的事物作为目标，那你永远也无法像'那家伙'一样成为杀人者。"

"吵、吵死了——吵死了吵死了——"小姬趴在地上死死瞪着哀川小姐，"怎、怎么可能——"

的确，这种情况应该不可能发生才对。不管怎么说，比指尖的速度还要更快的移动方法，也实在是太过离谱了。给人的感觉甚至都不是哀川小姐太快，而是我们太慢，不是哀川小姐在移动，而是我和小姬这些旁观者一齐转换了位置一样。没有准备动作没有结束动作，这跟超能力没什么区别，简直就是瞬间移动。

移动的念头一起便已完成移动，没有任何延迟，开始移动和结束移动在同一瞬间完成。这并非是她动作迅速，而是她从动作的概念到动作的定义都快到超出常人理解。

"唉，说到底不过是个小孩子，稍微动动真格就成了这副样子。"哀川小姐抬起下巴，对着在地上蠕动的小姬轻蔑无比而又充满恶意地嘲笑道，"跟你厮杀果然还是很无聊，我不玩了。"

"不玩了？请不要开玩笑——即便这招无效，我还有其他招式没用出来呢！"小姬咬牙切齿，"再说了，就算防得住我的直接攻击，只要哀川小姐你无法踏入我的结界，那你就——"

"所以说，你得好好听别人讲话啊。我刚刚不是还在说，我们之间的孽缘是怎么切也切不断的吗？"

哀川小姐张开紧握着的手，露出藏在里面的那把电击器。小姬惊愕地睁大双眼，但为时已晚。以她现在倒在地上的姿势，根本没办法回收所有的线，何况这些线刚被哀川小姐来回扯动，更是成了一团乱麻。事到如今总算是察觉情况不妙的小姬想赶忙把手套脱下来——

但终究还是，太迟了。

跟哀川润做对手，还早了一百年。

哀川小姐毫不犹豫地将电击器顶在自己的手腕上，打开了开关。

胜负在这一瞬间已见分晓——这个说法并不正确。

因为在这一瞬间之前，从一开始，从小姬企图对抗哀川小姐的那一刻起，结局就已经注定。

小姬保持着趴在地上的姿势，仿佛被按下了暂停键一般全身僵直，然后猛地像虾子一样死死蜷缩起来，接着翻过来四脚朝天，维持着这个姿势一动不动——不一会儿,她的身体开始扑哧扑哧地冒出黑烟,终于像是断了线的傀儡一般,干脆利落地倒在地上。看样子她已经完全失去了意识,但身体仍然残留着生理上的反应,还在一抽一抽地痉挛着。

"哎呀哎呀……亏我特意换了造型过来的。"

同小姬一样,哀川小姐的衣服也被烧焦了。她似乎对此感到很惋惜,将衣服上破裂的部分恰到好处地撕扯掉,露出了肩膀和小腹。这实在是令人赏心悦目的景色,可惜我也不能一直盯着看个不停。我再次向小姬看去,只见她还在抽搐,直接遭受电击的指尖抽搐得尤其厉害,简直就像拥有了独立意志的生物,一直轻微地颤抖个不停。

"呜哇,原来芳纶纤维是绝缘体啊,还剩下好几根没烧掉,这是凯夫拉纤维吗?可恶,这只能自己想办法解开了,真是麻烦得要死。"

哀川小姐一边抱怨,一边动手解开那些缠在身上没被电流烧干净的线。那些失去了操纵者的线似乎已经纠缠成了一团,变得难以收拾。我看着哀川小姐这副样子,心里暗自觉得好笑,向她问道:"电击器就是为了这个才准备的吧?"这种时候适时抛出疑问,也是我的工作之一。

"嗯,我不是说过吗?'因为要把某个人完好地带出来'啊。"

"我还以为那个人铁定是我自己。"

"欸?怎么会这么想呢?我才不会对自己最喜欢的小哥做出这

么过分的事情呢。"

哀川小姐说得遮遮掩掩，简直是欲盖弥彰。

"呃，毕竟这次工作的内容也包含照顾这个没有分寸的小鬼嘛。我要是动起真格来对付这家伙的病蜘蛛，不可能会让她全身而退的。"

这个人，装备了武器的时候反而会变弱吗？

虽然现在再解释或许只是多此一举——不过姑且还是说明一下，刚才哀川小姐使用那个掌上电击器对着小姬所操纵的"线"狠狠地来了一发，而且电击器还是解除了限制器的状态，发出的电压足以让结结实实挨下这一招的人丧失两三天的记忆。得以解放提升至极限的电压，再加上超出正常水平的电流强度，挨上这么一下跟直接触摸高压电线没什么两样。这已经远远超出了普通电击器的效果……其强大的威力甚至让人怀疑是不是藏了炸药在里面。只见走廊里到处都飞散着电火花，就连站在一旁的我都或多或少受到了一些波及，实在是了不得。

无论这些线有多么结实，也无法同时经受住高温和高压的考验。哪怕绝大部分线都在刹那间便已经爆开烧毁——但在完全烧尽之前的这一瞬间便已经绰绰有余，足以让这些线的主人受到最大限度的伤害。所有的"线"，除却一部分绝缘纤维，剩下的都化为了哀川小姐的武器。

倘若对手的王牌是速度，那就用速度去压制，倘若对手用线来攻击，那就反过来充分利用那些线。小姬意图将哀川小姐引入自己的蜘蛛巢穴——结果却是适得其反。

无论蜘蛛张开多大的蛛网。

在老鹰面前都是不堪一击。

"……"

当然,同样被"线"缠着的哀川小姐也面临着相同的考验,毕竟哀川小姐可是直接用电击器抵住了自己的手腕(她脑子里到底在想什么),也就是说,她自身也承受了与小姬一样的高压电,不,她承受的电压应该比小姬还要更高,说起来简直就像是恐怖分子的自杀式炸弹袭击。然而哀川小姐完全是一副若无其事的样子,既没有失去意识也没有丧失记忆,除了衣服被烧坏之外没有受到任何伤害。是因为这身替换的服装其实内层是特质的绝缘材料,所以哀川润才特意换好衣服过来的吗……真是这样子的话那就说得通了。不过这些细枝末节对最强的承包人而言,即便有必要厘清,也不会是什么重要的东西,毕竟这个人就算是开着飞机往火山口里撞,估计也会平安生还吧。对超越理论的存在,再怎么用理论去解释也只会漏洞百出,就像零的阶乘被定义为一,这是没有任何道理可言的。

"哦!线都缠到一起啦!陷进皮肤里痛死人啦!喂喂,你这浑蛋,还看什么看,快来帮忙啊!你是魔鬼吗!"

"……"

我无言地走到哀川小姐身边,将"线"一根一根地小心解开。虽然最后指尖都割破了好几个口子,不过总算是把线解得差不多,让哀川小姐能够自由活动了。

"唔咿，谢谢你，阿伊。哇呀，人家最喜欢阿伊了！"

"请不要开这种玩笑。"

我真的很讨厌这个。

"哎呀，我只是希望平衡一下每个人物出场的频率而已……"

"那你倒是去模仿一下明小姐的发言啊。"

"突然指定人物我也很为难欸……"

"……说起来，没想到你会这么生气，真是意外。"我看着昏倒在地的小姬说道，"并不是责备也不是原谅，只是单纯的生气吗？"

"我最讨厌你这种人了！我连见都不想见到你，赶紧给我去死吧，浑蛋！"

"……"

"这是千贺明。"

"呃，可以不用再模仿了。"

虽然心里还蛮开心的。

"哈，我的心胸还是很宽大的，就是有点性急，跟你不太一样。老实说，其实我每周都要变身一次超级赛亚人。"

"啊……"

说不定是真的。

"跟零崎那种说翻脸就翻脸的笨蛋打交道，我还能够乐在其中。但像你们这种优柔寡断纸上谈兵的笨蛋，是最让我上火的类型。"

"还真是像校园题材的电视剧呢，虽说这里完全不是普通的高中……"

"你是说'老师,我其实希望你能多关注我'那种吗?那是什么年代的电视剧啊。不过呢,小哥,其实我生气跟这些都没什么关系。"哀川小姐无声地轻笑,"就算我真的去说教,这丫头就能听进去吗?说教的部分在你那里就已经结束了,毕竟若由我来说教的话,不管说什么都只是站着说话不腰疼。就像对着一个饥饿的人说'人不能只靠面包活着,还需要精神上的追求',也只会得到'闭嘴,神经病!'的回答罢了。而跟她具备相似立场的你,已经试图说服过她,那我只要负责善后工作就行了。"

是这样的吗?

虽然我不这么觉得,不过倘若真是这样……或许我在微小的程度上,也对拯救小姬发挥了一定作用也说不定。身为无可救药的存在,拯救了无法被救赎的小姬,这可真是漏洞百出而又自相矛盾的戏言。

"可是啊,哈哈,不管小哥你说得多帅气,那也是穿着裙子说的,实在是没啥说服力。"

"这种不说出来就没人注意的事情请不要再强调啦……话说回来,这下事情总算是画上句号了。"

"我都说了。"哀川小姐对着我的头狠狠敲了一下,"不要擅自给我结束,给我好好地去理解啊,所谓人生,就算死了也不会终结的。"

"就算死了也不会吗?"这还真是崭新的见解。

"嗯,就算你死了,还会有你留下来的各种影响,真正的终结，其实并不存在，就算这丫头也是一样……等你再成熟一点应该就会懂吧？即便不懂也要装懂嘛，这其中的区别可是很大的。"

"这种事情，我是完全不打算弄懂。"说着我低头看向小姬，"……接下来小姬会怎么样呢？这所学校已经名存实亡了……不过最后闹得这么大，你不觉得事到如今逃出学校或者退学都已经是次要的问题了吗？她可是杀害了理事长啊。"

"管它呢，我的任务只是把一姬带出去而已，其他的事情都不在工作范围内——虽然很想这么说，不过我怎么可能真的不管呢。我认识这丫头也不是一天两天了，嗯，还是好好给她善后吧。"

"这样子啊。"

这个人，果然还是很讲义气。

这大概就是她能够成为最强中的最强的原因吧。

"总之先把她交给警察吧。"

"你是魔鬼吗！"

"唔哇！伊君生气啦！我不过是说了理应如此的事嘛！就像是'想游泳，可是正在参加耐热比赛'一样①！"

"所以说不用再模仿了！"

哀川润已经无人能挡。

"哈哈，还真是了不得的杰作。"

哀川小姐这次又换成了人间失格，一边演着一边在小姬身边坐了下来。然后她轻轻抚摸着终于不再痉挛的小姬的睡颜，一副无可

---

① 此处在模仿巫女子的语气。——译者注

奈何而又慈祥的样子。

"这家伙睡着的样子，怎么看都只是个可爱的丫头……真是的，这小鬼。"

哀川小姐说着轻轻点头。

那副模样，仿佛就像是一位大姐姐在抚摸着自己令人操心的妹妹，总觉得她脸上似乎带着微笑。哀川小姐绝对不是什么温柔的人，平时也都是不苟言笑，然而，面对小姬这样的女孩子，大概她也无法弃之不管。

"……唔。"

"怎么了？"

"这下不妙了，心跳都已经停了。"

"岂不是要睡到永远了！"

请一定要谨慎使用电击器。

这可不是开玩笑。

"哎呀，居然死掉了，出了什么问题？"

"出了人命啊！"

"凶手就在我们之中！"

"除了你还有谁啊！再说根本就没有必要解除掉电击器的限制啊！只是把人电晕的话，普通的电压就足够了吧！"

"那样就没法把线都烧干净了嘛。"

原来是嫌自己解开线太麻烦了吗！

"没关系啦，马上就会让她醒过来的……别搞得这么慌张，小

193

哥你不是以冷漠无情作为卖点的吗？难得有点个人特色你倒是好好珍惜啊。"

哀川小姐一边说着，一边准备动手开始心脏按压，随即又像是改变了主意，再次看向我。

"小哥，你要不要来试试？这可是个不会被别人说成是恋童癖的好机会。"

"请不要在人的生死问题上开玩笑！拜托了，现在可是很严肃的场面！"

"什么嘛，居然不要吗？好吧，的确这时候做人工呼吸会有一种恋尸癖的感觉就是了。"

"就是说嘛，即便是我也不会把尸体列入考虑范围内的——喂，这个不是重点吧！"

内心惊慌不已的戏言玩家有生以来第一次接着对方的话吐槽。

"请适可而止吧！你难道是得了没办法保持正经超过五秒钟的病吗！"

"你这人真是开不起玩笑……无聊死了。笨蛋，伊君真讨厌。"

哀川小姐说完，终于开始做起急救措施。在做心脏按压的时候，我听到肋骨"咔嚓咔嚓"断裂的声音，不过为了活命，想来这也是没有办法的事情。经过五到十分钟的持续按压，哀川小姐站起身来说道："好了，搞定！"

"活过来了，活过来了。"

"还真是轻松啊……"

不管是死去还是活着，杀人或是被杀，到了这位人类最强手上，就连这种事情都可以改头换面重新来过吗？这已经超越了令人傻眼的境界，甚至让人觉得是在做梦。

对这个人来说——其实无论什么事情都构不成烦扰吧。演技也好谎言也好，虚伪也罢欺骗也罢，管它是什么，都对哀川润产生不了任何影响，即便有影响——也毫无意义。

哀川小姐蹲下来把小姬背到背上，随后站了起来。

"要不要让我来背？润小姐现在也很累了吧。"

"……不要。"

哀川小姐摇头。

"这是，我的工作。"

接着哀川小姐就这么背着小姬开始在走廊上前进，我则走在她身边，向她确认"总之这次的事件是已经告一段落，落下帷幕了对吧？那既然这所学校已经失去了理事长也失去了军师——接下来只要走出这所学校就行了，是这样吧？"

"……"

"为什么要用沉默回答。"

难道是在模仿照子小姐吗？

这种程度，就连我也模仿得来啊。

"哎呀，一姬这家伙。"哀川小姐看也不看我，目视前方说道，"虽然她巧妙地操纵了各种信息，瞒过了学校里的学生，可是'对外'似乎没有做任何措施，所以现在好像有一些外部的人，已经知道学校里发生了某种重大异变。"

"……这是什么意思？"

"就是那些在神理乐任职的悬梁高校毕业生校友们，啊，还有槛神家族的精锐部队，嗯，以及澄百合学园全国各个分部的家伙们。"

"什么呀，这一堆听上去就很不吉利的名字。"

"现在这些人都聚集在校门口外面呢。"

"……"

所以她……换衣服才换了那么久吗？

这么一来，我们现在的处境，就变得更加困难了……

"好了，这下子祭典也该散场了。在那些家伙冲进来之前，就由我们先一步用唯我独尊的气势，光明正大威风凛凛地走出去吧。"

哀川小姐兴致勃勃地说着，在视野飘忽不定，完全看不清前方的走廊里大步行进，悠然自得、潇洒豪放而又光明磊落，从她身上感觉不到丝毫的不安。

"——别再说笑了。"

我跟在这位人类最强的身后，只是默默地、默默地紧跟着她的步伐离去，脚步声中仿佛交织着宛如戏言的一声叹息。

幕后——铃兰之誉

我（旁白）
主人公

把人当成东西来看待和把东西当成人来看待，先不论哪边更加疯狂，但哪边更令人困扰是显而易见的——因此之后的过程全部省略，直接跳到数日后。

　　我住进了京都市内的某所医院，完全康复需要一周时间，这是医生根据我的身体状况做出的诊断。至于我到底经历了怎样的过程才造成这样的结果，此处无需再赘述，一言以蔽之，这就是身为最弱却要与人类最强并肩同行的代价。仅仅是断了几根骨头就能完事，实在是捡了个大便宜。下个月初还跟玖渚约定了要陪她出去旅行一趟，在那之前要是能够出院我就心满意足了。

　　都说住院的生活很无聊，我倒是觉得还好。反正从美衣子小姐那借来的书还没怎么看，况且对我来说，只要有可以伸直了脚敞开睡觉的地方，无论在哪里都是差不多的。当然，嗯，只要不是那种异常的空间。

　　哀川小姐前来探望我，是在我的预定出院日期的前一天。这次她没有敲门，看来哀川小姐热衷于敲门的毛病已经改掉了。另外不知是重新定做了一套，还是说本来就有好几件同款，她今天穿的还是那身熟悉的深红色套装。

"哟，好久不见啊，锵锵锵，本小姐来啦！你这还是单人病房欤，还挺有钱的嘛。"

"我只是无法忍受和其他人睡同一间房间而已，让陌生人看见自己的睡相，光是想象一下都觉得毛骨悚然。就算要花再多钱，那也是无可奈何的事情。"

"哼哼，那我就给你一个好消息吧。"

哀川小姐说着，随手将一个信封丢到我的床上。信封的厚度相当可观，至于里面塞的是什么，不用看不用问也知道。

"这些就当作是你这次协助我的酬劳吧。"

"钱的话就不必了，小姬最后搞成那副样子，润小姐你也赚不了多少吧，这次就当是我义务帮忙好了。"

"少说得那么清高，这种事情还是得明算账的，毕竟手里没了钱就等于脖子上没了头嘛。"

"说到脖子上的头，不管是切掉也好绞断也好还是吊起来也好，反正随随便便就没了，根本就没什么大不了的。所以这句俗话的意思应该是说，钱什么的也没那么重要吧。"

"哼，巧言令色。"

哀川小姐轻蔑地一笑，坐到为访客准备的折叠椅上。虽然我怎么也不觉得哀川小姐纯粹是为了探病而来，但我也不能因此就不许她坐下。

"不过让你白白帮忙也不合我的道义。对了，这样好了，那我就来模仿千贺光的声音，讲一段话让你开心开心吧。"

"请别闹了。"

"啊、不要！这样子也太过分了！不可以！"

"快给我住口！"

"真的生气了啊？"哀川小姐似乎有些惊讶，举起双手以示放弃，"哇，真是吓我一跳。不好意思啦，没想到那家伙在你眼里居然是如此神圣不可侵犯……对不起，请原谅我，都是我不好。"

道歉时用的是真姬的声音。

真不愧是个老手。

"……说正事吧，这次到底又是什么情况？"

"没什么大事，你就不想让我来吗？你自己也不希望在一无所知的情况下就结束这次事件吧，我这次就是专门来解答你的疑问的。"

"哈……对这种一看就很不妙的事物，我向来抱着既不深入也不深究的态度。不过既然你来了，那我就开始问了。"我猜不透哀川小姐的真意，接着她的话头开始询问，"小姬后来怎么样了？"

"我说你，怎么一上来就从最难的问题开始问啊。嗯，小姬她呢。"哀川小姐随手从别人送来的水果篮里拿出一个苹果，皮也没削就直接啃起来，"因为那个电击器效果显著，结果出现了记忆障碍，现在正在一所秘密医院住院。"

"啊……"

"身体的状态也很糟糕。原本她就因为接受了那种严酷的教育而在身体各处都留下了疲劳性损伤，再加上电流的冲击，最后全身受到了大面积烧伤,其中跟'线'直接接触的手指尖伤得尤为严重。虽然那副手套的制作材料中有七成都是绝缘材质,起到了一定的缓冲作用,但她的手指还是伤到只能勉强拿起铅笔的程度,至于筷子就完全不行了。你也知道电流的欧姆定律和焦耳定律吧,就是那么回事。"

"……还是留下了很严重的后遗症啊。"

明明是为了抓人的时候不伤到她才特意准备了电击器,最后却弄成这样。不过话又说回来,这怎么也比直接同哀川小姐真刀真枪地干上一架要好得多就是了。

"这也正是,令人头疼的地方啊。"哀川小姐接着说,"既然出现了记忆障碍,那她自然不记得自己曾经杀害过槛神能亚和其他的教职员,还有萩原子荻和西条玉藻她们……说不定就连悬梁高校的事情都已经忘得一干二净。而且,只要她的手指没有痊愈,她就用不出病蜘蛛的能力。这代表着什么意思,你应该清楚吧?"

这一瞬间,我甚至觉得哀川小姐搞不好正是为了这个结果而解除了电击器的限制装置,为了将病蜘蛛的能力,以及那些黑暗不祥的记忆,一起暂时封印起来。当然,这充满戏剧性的想法或许只是我一厢情愿的感慨也说不定。

"真是头疼啊,我也不能因为那家伙失去了记忆,就把她做过的事情一笔勾销。而且对方被杀了人,怎么可能会善罢甘休,不管是槛神家族也好神理乐也好,现在都在大张旗鼓地寻找这场骚乱的罪魁祸首呢。"

201

即便当事人自己忘得干干净净，但也不能以此抹消罪孽，更不能因此逃避责罚。无论有何种理由，自己犯的错就必须自己担起责任，这是天经地义的道理。

"而且倘若我真的因此当作'什么也没发生过'，就这么原谅小姬，你应该也会因此看轻我吧。"

"这句话还真是令人意外啊，润小姐，你还会在意其他人的看法吗？"

"没有啊？如果是其他人的看法，我倒是一点都不放在心上。"

哀川小姐揶揄道，脸上浮现出令人不爽的笑容。虽然不明就里，但我感觉自己似乎正在被调戏，于是我只好耸耸肩不再接话，换下一个问题。

"最后结局变成怎样？"

"悬梁高校名存实亡，实际上已经废校了，正如小姬所愿。至于学生们……现在还没定下来，那边好像至今还乱成一团。顺带提一下，我们三个犯人的身份目前还没有暴露。"

我是被迫成为共犯的啊。

"虽然犯不着担心，不过我还是做了好几手准备……槛神家族那边我卖了个人情给他们，肯定没问题。神理乐那边还有点麻烦……不过他们怎么也不会找到你头上去。倒是小姬这边……我是想编个故事糊弄过去，可是不知道这样做究竟合不合适。"

"就连润小姐也会迷惘呢。"

"我倒也不想这么费神啊，可是她之后也许还会恢复记忆，手指也有可能痊愈。我是觉得，照顾得太面面俱到了说不定也不好，要是当初那丫头直接委托我做杀人的善后伪装工作反倒是好说了。"

小姬之所以无法这么做——大概是因为她无法彻底信任哀川小姐吧。这既不是哀川小姐的问题，也不是小姬的问题，事情单纯地就是这么无奈罢了。小姬多半是跟我一样，从根源上就做不到信任别人，却仍然寄希望在别人身上——就像是这次，设计出一个不上不下的尴尬局面，结果最后弄得聪明反被聪明误。或许相较于畏惧和胆怯的心态——她心里对信任她人这件事抱着的更是一种向往和憧憬的心情。

"……可是，小姬她为什么要杀害理事长……不，为什么要毁掉这所学校呢？说回来，她最初的计划又是什么？"

"回答这个问题之前我要先向你道歉。"哀川小姐把椅子挪近我的床边，然后把脸凑过来，"一开始我跟你说'具体的去问一姬，那丫头会解释清楚'，抱歉，那其实是骗你的。"

"……我想也是。"

稍微跟小姬交流一会儿就会明白，纵然她的说辞里故意掺杂进了谎言和演技，但我可以在此明确地断言，她根本就无法将一件事情完整地解释清楚。

"小姬的日语还掌握得不是很熟练，能解释得清楚才怪吧。"

"我当时觉得你还是不要知道太多细节才方便行动嘛，也没想到一姬会主动编出谎言来骗你。话说你知道那丫头说话不熟练的原因吗？"

"呃，她说过自己是在美国长大的。"

"是吗？不过这并不是真正的原因。"哀川小姐伸出食指抵住我的太阳穴附近，"她的前额叶，负责语言处理的部分存在后天性的机能障碍。"

"……"

"你应该知道前额叶是什么部位吧？这里主要负责维持人格和自我意识，以及与他人交流沟通的能力。一姬这个部位曾经受过创伤，所以她才无法正常地与人对话，其实她根本就无法理解别人说的是什么意思。"

"理解……"

语言理解能力。

不对，该说是名词理解回路吗？

"因此，跟那丫头对话的时候，经常会有一种驴唇不对马嘴的感觉。就像是日本人和中国人在用韩国话聊天一样，总觉得有哪里不太对劲。"

就像是被切割得支离破碎的感觉，哀川小姐笑了笑。

"所以说——就算再怎么逼问一姬，我想她自己也搞不明白什么才是真正的动机吧。人与人之间意念的传达，本身就是十分困难的事情，那丫头究竟是出于怎样的想法才孤注一掷做出那样的行为，恐怕永远都是个谜。"

"关于这一点，任何人都一样吧。"

怎么可能会存在，彼此之间完全心意相通的人呢？所谓心意的传达，无非是能不能真心认可对方，能不能盲目地相信对方罢了。

说得也是，哀川小姐点点头。

"所以我接下来说的都只是经过自己的推测后最说得通的结论。那丫头大概从一开始就已经算计好，要把我卷进来，把我绑到自己身边，再把我骗到办公室，落入自己设下的圈套中。那家伙在闹出这次的退学骚动之前，就已经把理事长和其他的教职员都解决掉了。说句题外话，后来我在教职员办公室里发现了失踪的他们。"

"……"

虽然我早已知情，但当这件事再一次以数字的形式传入耳中，依然足以让我哑口无言。足足三十七人——加上子荻、玉藻以及槛神能亚在内，那就是四十人。就连上个月的人间失格，杀的人数都没有超过她的三分之一。

老实说，杀害的人数一旦超过十人二十人，就无法再以正常的价值判断标准来评判。反过来想，在那所封闭的校园里小姬甚至能做到那个地步，不禁让人叹为观止，校方实在是太轻率了。

以理事长办公室为密室，杀一人，以教职楼为密室，杀三十八人——而以悬梁高校为密室，则是杀四十人吗？

完全封闭的空间，从外界观测不到其中发生的任何事件，只因里面是一处战场——是一处封闭的不足为外人道的战场。

这个道理说穿了其实非常、非常的简单。

密室正是由于完全封闭才被称为密室，然而究竟是对内封闭，还是对外封闭——一处不同便是天差地别。

所以，才会令事件演变至此，才会令人犯下如此行径。

这种行为，是能够，被容忍的吗？

你怎么看，残次品？

"那丫头使用的病蜘蛛技术原本就是一种针对人群使用的战斗技巧，而且基本上是作为一种束缚技巧而不是杀人技巧来使用，束缚一个人的时候，细线比起粗绳还要来得有效呢。所以实际上，她其实是先把人束缚起来，再用链锯大卸八块。嗯，接下来呢，就通过理事长专用的无线电线路联系萩原那边，并告诉她'紫木一姬意图逃脱'。当你潜入学校的时候，我们前来帮助她逃脱的计划就已经暴露了，这并非那丫头的一时失策，而是她自己刻意为之。"

"那时去教室会合的本应是哀川小姐。"

"然而，我先把你送进了学校。虽然一姬之后也巧妙地利用了这点……但结果还是让自己身处险境，一不小心就被逮了个正着，毕竟她也不能在你面前使出病蜘蛛的技艺。"

所以小姬一开始才会主张留在教室里吗？然而当时她还来不及反对，我便已经采取了自己的行动，对小姬来说我的确是一个意料之外的因素。

"接着我就如她预计的一样，前往理事长办公室进行谈判……哪怕当时你不在那里，我也会做出同样的决断吧。若是当时计划仍未暴露就算了，可既然逃跑行动已经摆在了台面上，那我肯定是要去找能亚摊牌的。哈哈,那丫头,还真是我肚子里的蛔虫。"

"难道小姬也具备某种程度的声音模仿和读心术能力吗?"

"算是吧,虽然她也算不上我的弟子啦。接下来她与我们一起行动,才是计划的重点,只要跟我们一起发现理事长的尸体,她就能顺理成章地伪装成被凶手嫁祸的受害者。"

"不过这个计划也是在玩火……"

"在一姬看来,越危险反倒效果越好,她之前躲在讲台底下也是出于同样的想法。这样一来我就更不会怀疑她了,虽然当时我也觉得这种手法像是病蜘蛛所为……这就是灯下黑吗?那丫头多余的事情也考虑得太多了。"

"润小姐一开始就知道'病蜘蛛'的事情吧。"

"嗯,一姬她似乎是打算瞒着你,所以我也就没跟你说。抛开这是压箱底的王牌不谈,一般而言这也并不是什么值得张扬的事情。不过说起来,你又是怎么注意到那丫头就是曲弦师的?西条那次先不管,若说理事长被杀的事件,凶手也不是非曲弦师不可。"

"脑袋里灵光一闪,环环相扣就都想通了,察觉到一处真相,所有的疑点便都迎刃而解。这似乎是我一贯的特色,一即是全,全即是一。不过相对地,我在想通一处之前,对整个事件是没有任何头绪的……话虽如此,还是存在着一些契机。要说小姬不是曲弦师,她身上却带着那么多线,实在是太不自然。虽然小姬故意说了一大堆谎言来误导我的思路,但那时候为了迅速地逃脱,为了不让我察觉到她杀害了玉藻的事实而不得不在我面前使用了线的技巧……说到底她还是太轻率了。"

不过这大概只是小姬没有把我放在眼里吧，就这一点而言，不得不说她的眼光很准确。若是没有最后时刻做出的逆向推理，想必我自己也根本察觉不到密室的真相吧。

"另外，子荻异乎寻常的警戒心也是让我起疑的一个原因。子荻设计出这么复杂的'计策'，如果仅仅是以一个吊车尾学生为对手，未免也太小题大做了，况且她又为什么不用人海战术呢？现在看来这也是理所当然，以人数优势来对付'病蜘蛛'实在是愚不可及的下下策。"

"嗯。"

"而且……能够骗过哀川润的人物若仅仅是个吊车尾学生，再怎么说也太过离谱。如同我这样的戏言跟班无法成为人类最强的敌人一样，区区'紫木一姬'纵然能成为哀川润的朋友，也绝对无法与之敌对。再加上剩下的登场人物里，小姬能对得上号的也就只剩下'病蜘蛛'这个角色。"

这些都不算什么。

更重要的是，我深信在我周遭，不可能存在如此可爱可怜人畜无害的角色，这才是最为明显的线索。

"原来如此。不过那丫头说自己是吊车尾倒也没说谎，因为她……除了'病蜘蛛'的技术之外，真的就没有任何拿得出手的东西了。"

"……润小姐你一定也知道，病蜘蛛是她在入学之前就已经学到的技术……对吧？"

"算是吧，那是五年前的事情，我的朋友当中有一位失意的曲弦师——她的绰号就是'病蜘蛛'，最初还只是蔑称。我曾经和那家伙一起组队，共同完成了某项任务，当时救助的对象就是年仅十二岁的紫木一姬……后来一姬就成了我和那家伙的倾慕者，虽说我也没有太放在心上就是了……"

小姬前额叶受的伤，大概也是那时候弄出来的吧。然而我要问的并不是这个，我真正要问的问题，只有一个。

"那个人的名字，该不会是叫作市井游马吧？"

"嗯？"哀川小姐意外地抬起头来，"你认识她吗？那家伙也没这么出名啊。"

"呃……不认识。所以，那个人就是……"

"没错，就是那丫头的师父。"哀川小姐嗤笑道，"而且，她原本还是悬梁高校的教师。正是因为这层关系，小姬才进入了悬梁高校的附属初中就读，之后一直读到现在。好了，言归正传，呃，之前讲到哪里来着？对对，就是我们一起成了杀人嫌犯那里。嗯，就算门被锁上，我也会想方设法强行闯进去，她的这个预测倒是完全准确。真受不了，这家伙怎么就爱耍这些暗戳戳的心机。再之后的事情你应该知道得比我还清楚，我就不啰唆了。"

"她是不想被我们怀疑是杀害理事长的凶手……可是话虽如此，她之前杀了很多教职员，那边就不管了吗？"

"既然她不是杀害理事长的凶手，那其他的杀人事件应该也和她无关,一姬大概是觉得我会这么想吧,只可惜她做得实在是太过火了。当时你和一姬先后离开办公室,我不得已也只好跟出去找你们,还想着先去教职员办公室打个招呼,结果下楼一看……好家伙。无论悬梁高校这个地方再怎么不正常——能够单枪匹马做到那种地步的家伙,也就只有紫木一姬了。"

这里才是她露出马脚的关键吗?并非出于怀疑而是出于信赖,才露出了马脚。可是反过来说,她也不能因为害怕暴露身份就给那些教职员留下活口,所以小姬的计划可以说从一开始就留下了无法避免的破绽。

……不对。

肯定不对,哀川小姐一定是在走廊听到了我和小姬的对话之后,才真正地察觉到了事件的真相。不管她本人怎么想,至少我是如此认为。

因为哀川小姐,就是这样的人。

"先不说这到底能不能算密室,可我实在是不觉得这对润小姐之外的人来说有什么隐蔽性可言。"

"所以她只要能骗过我就万事大吉了,要不然她也没有理由非杀你不可……啊,说不定是有的,她可能嫌你太烦人了。"

"……不过,假如她当初没有委托润小姐来学校救人,逃学的计划也不会暴露吧。与其隐瞒一个随时可能会被揭穿的秘密,倒不如选择彻底欺骗……这也是'聪明反被聪明误'的表现吗?"

"也许吧。那丫头当初拜市井为师的时候,曾经对我承诺过,病蜘蛛的技术绝不会用于杀人。"

"可是，那种技术……啊，原本只是用于束缚敌人的护身术吗？"

所以小姬才唯独不想让润小姐察觉真相……虽然这不会是全部的理由，但她应该很在意这一点。说到小姬的杀人动机，错综复杂犹如一团乱麻，三言两语肯定是说不清道不明……但我可以断言，其中肯定有一根线头连着小姬的师父市井游马，而另一根线头，则系在哀川润身上。

"然而学校并不允许这种技术存在……话说回来她本就不该进那种学校就读，人都已经死了，差不多也要放下了吧……真是个笨小鬼。"

市井游马已经死了吗——虽说我之前就是这么猜的。

"唉，理事长的事也好，市井的事也好，仔细想想也不是不能理解——不对，果然还是想不明白。"

"不过，不是我说你，润小姐，你这次真是太糊涂了，读心术究竟是用来干吗的啊？现在想来，就算说什么密室也好，可是除了小姬之外根本就没有其他人能干得出来啊——"

"你自己当时不也没有立马想到吗？"

"我本来就是无能的家伙。"

再说当时那种状况，根本就容不得我再去想什么解谜的事情。

"哼，我虽说不是什么仁人志士，但至少比起疑神疑鬼以求自保，我宁愿相信他人再被出卖，那样来得还痛快些。"

哀川小姐脸上带着无可匹敌的笑容，看不出一丝一毫反省的意思，甚至连后悔都不见一分，嗯，也没有任何受伤的神色。

"——润小姐，你真的一点都不在意吗？"

"当然，我对一姬的喜爱之情，跟一姬的所作所为根本就是两码事嘛。哈哈，所以纵然小哥差点就要背叛我，我也一点都没有生气哦。"

被看穿了。

"不过还真有你的，眼看着自己快要被杀，立马就巧言令色地试图说服一姬。还说什么可以到我住的地方来唷，明明自己五分钟之前还正在出卖人家。"

连底裤都被看得一清二楚。

"我并没有真的打算背叛……"

……搞了半天，哀川小姐的"讲义气"原来是对整个世界的过度乐观吗？正因自己是最为优秀的存在，所以才无法理解像我和小姬这样的弱小，即便能够理解，也不会勉强自己与之达成共识。

"不管我到底是不是糊涂，其实我也并非不能理解那丫头的心情。一直待在那种杀人的教育机构里，任何人都会变成那样，都会想那么做。一姬不过是恰好拥有能够将其付诸行动的实力罢了，仅此而已。"

"实力吗……"

"只要看到那丫头发育不良的身体，你也想象得到她在这里到底过着怎样的生活吧？她的体重可是连三十公斤都不到哦？你既然认识玖渚，那应该很清楚，一姬和玖渚的情况还是有些不一样的。"

"……"

"我也不是说让你同情她啦，只是希望你不要因为自以为是的同类厌恶，就对她太过苛责。"

"我并没有任何要苛责她的意思啊，毕竟这次的事件本来就完全与我无关，要不是自己也被牵扯进来，我才不管到底有谁做了什么事呢。"

"那就好。"

小姬若是单独一个人……大概怎么也无法逃出那所学校，虽然病蜘蛛的确是十分犀利的技术，但基本上只能被动地使用。若不是像解决子荻一样事先准备好陷阱守株待兔，那它的威力就跟普通的刀子没什么区别，除非是打一个措手不及，否则对手就算不是哀川小姐也有可能躲得过。所以她首先就选择了直捣黄龙——没错，同哀川小姐的战术如出一辙，想必这个决定或多或少也带着一些愤恨吧。接着她就把教职员尽数杀害，再借哀川小姐之手逃脱……

"不对……这样的话就说不通了。如果仅仅只是想要逃离学校，那只要委托润小姐不就好了嘛，剩下的事情完全不用操心。那这么说来她的计划中最重要的目的果然还是杀人吗？假如她那位师父的死是理事长的命令，那她甚至有可能原本就是抱着杀人的心思才会去那里就读。"

"虽然这也不是完全没有关系……不过我觉得你想得还是

太复杂了。"

倘若只是杀人,小姬一个人便绰绰有余,然而杀人之后的逃亡需要哀川小姐的协助。一方面要让哀川小姐来协助自己杀人后逃亡,另一方面又得向哀川小姐隐瞒自己杀人的事实,这根本就是一个自相矛盾支离破碎的计划——总而言之,这就是小姬的整个计划。

"或许正好相反,搞不好她其实希望我看穿她的杀人行径也不一定。"哀川小姐说道,"大概她是想把这当作一种忏悔吧?真是蠢得要死。"

啊……这才是,最有可能的答案。实现自己的所有目的,之后再接受哀川小姐的制裁。对像我这样的人来说,这可真是充满了吸引力让人无法割舍的选择,反正终究是难逃一死——那倒不如死在人类最强手上。

这是走投无路之后最后的希望。

既然我们无法选择朋友,至少,希望能够选择毁灭自己的敌人。

"在说谎之前,原本她就做好了被揭穿的打算……这也未免太不负责任了吧。"

"不负责任……这话还真是微妙。"

"嗯,我是搞不太明白呢。"

"啊,我也不太明白。说不定,她只是单纯地希望在最后的最后,能够和我一起痛快地玩一场罢了。"

最后的最后……吗?

她一开始就没打算能够苟活下去，也没有彻底隐瞒的想法……这实在是难以想象，但或许也仅仅是难以想象而已，毕竟我直到最后，都未能完全理解小姬的心情。就如同直到现在，我也仍然无法理解"那家伙"的心情一样。

这种没有意义的东西也就心里想想罢了。

失败者的历史，无论何时都不会被人提及。

战士已然战死，军师遭遇横死。

而曲弦师则是穷其极限而死。

到头来。

小姬还是没能成为"那家伙"的替代品，唯独这点我可以确定。如果换成玖渚友——这种程度的打击，还不至于将她玩坏。

"都已经提出了这么多假设，总有一个会是正确答案吧。"

接着病房里陷入一阵沉默。只见哀川小姐把手里的苹果啃得只剩下核，又伸手往果篮里探去。

"嗯——这种东西你也吃吗？"

哀川小姐从果篮里拿出来的是一个刚好和苹果同样大小的五阶魔方。

"哦，那是玖渚来探病时给我留下的小玩具。可我怎么也解不开，只好放在那里了。"

"那丫头也来探病了？她不是一离开家里就没法一个人上下楼梯吗？"

"听说是拜托她以前的一个叫'小日'的朋友一起来的。"

"哦，难怪小哥你心情不太好……"

哀川小姐一边说着，也没有低头看手里，就已经把魔方完全复原，重新放回了果篮里。"话说回来。"她接着说道。我明白这下终于要进入正题，便收起之前无精打采的样子，坐直身子认真听起来。

"通过这次仔细观察，我总算是理解了你这家伙的特殊性质。"

"我的性质吗？子荻之前倒是用'无为式'来称呼过。"

"嗯……就是那样。其实我还是有些后悔的，把你牵扯进这次的事件说不定是一个败笔。不是吗？要是你不在的话，至少萩原子荻和西条玉藻也不会被害了，毕竟对和自己处境相同的'学生'，一姬也是希望能不杀就不杀的嘛。说到底，'教职员'是自愿在那里工作，而'学生'们则是别无选择。"

子荻曾说过类似于"除了这里没有其他的地方更适合我"这样的话，但我可以断定——那种地方一定是存在的，只不过是子荻和玉藻未能知晓，只不过是她们未能寻找到其他的目标和动机，只不过是我，还未能告诉她们这些罢了。

"可是把那两人的死归结到我的头上也太过分了吧，这和我有什么关系？"

"你的周围经常有灾难发生，你的周围经常有别人死去，你这家伙——该怎么说呢，总是让其他人的心情无法平复，更加不安。因此，你周遭的人心理状态便会愈来愈失常——最终，便产生裂隙开始崩坏。所以虽然这次我找你过来帮忙——但由于这个敌我不分的特性，最后就连一姬也中招了。一姬之所以杀害玉藻，就是为了保护你的安全，而她干掉子荻，与其说是因为'事件真相暴露出来'，倒不如说是为了救出因为掩护她逃跑而落入敌方军师手里，被子荻咄咄相逼的你才对，不是吗？一姬想隐瞒犯罪事实的对象只有自己的同伴而已，毕竟无论密室与否，一旦尸体被发现，她自己根本就脱不了嫌疑。"

"……原来如此，也有这样的解释呢。"

"仅仅是存在就能让旁人无比动摇，仅仅是存在就能让旁人丢失目标……这种家伙还真不少。光是待在身边就会让人无法冷静，焦躁不安，失去平时的状态……关于这类人，心理学上有一个说法，简单地说就是'缺陷'。当一个人在其他人身上观察到与自己相似的缺陷，便会觉得自己的缺陷仿佛也被展露出来，内心便会产生动摇。有人认为这是好感，也有人认为这是敌意，前者会互相舔舐伤口，后者则会产生同类厌恶的心理。而你则是这类人中的最高境界，明明自身毫无个性跟谁都不像——却偏偏全身上下到处都是缺陷，无论是谁都能在你身上看到自己的影子。而这一点就会刺激到旁人的潜意识，故其被称为'无为式'。而你自己也利用这一点长袖善舞，不全盘接受却又随波逐流，不严阵以待却又奉陪到底，对别人听之任之避之不及，只会玩弄戏言从别人身边逃避逃跑逃亡。明明只要你待在身边就无法保持冷静——但周围的人都无法触碰到你，这简直就跟幽灵或者恶魔没什么区别。正因如此，你周围的事物总是会偏离正常的发展，打开疯狂的开关。四月的那次事件是如此，五月的那次事件亦是如此。"

"子荻也曾说过类似的话……不过你们都太看得起我了。"我缓缓摇头，"我没有你们说的那么厉害，只是有时候会摸不着头脑漫无目的地乱闯罢了。"

"若要说还有什么能够挽救的余地……"

哀川小姐全然无视我的辩解，继续说道："那就是幸好你还没有自己的目的。坦白地说，我其实都有点害怕，当你的行动开始带有目的性……开始导向某个目标，你究竟能做到何种地步呢？到那时候，能够不受你的影响全身而退的人，应该只有零崎那种跟你完全是同类的家伙吧。只要跟你有任何些许的不同——毫无例外，所有人都会陷入疯狂。那时候的情况可是这次事件的程度所不可比拟的，你大概会将周围的一切都卷入疯狂的旋涡，不断引发各类事件吧。"

没错——曾经就有一次。

就像我弄坏玖渚友那次一样。

"怎么觉得好像恐怖小说啊。"

哀川小姐面对我的插科打诨，表情没有变化——

"唰"的一下将手指举起。

"所以，我在想趁着现在把你杀掉，倒也不失为一种解决之道。"

说完，又"噌"的一下将手指挥下。

"——"

什么——也没有发生。

什么也没有发生。

"……这个玩笑,开得太吓人了。"

"玩笑?你说这是玩笑?"

哀川小姐故作震惊地露出夸张的表情。

"当然,说的也是,我希望这只是个玩笑。"

"……"

"哈哈,再说了,要是你不在,谁来给我吐槽啊。"

接着她嗤笑道:"好了,真的要走了。"说着站起身,将椅子折叠起来放回原位,顺手又抄了一个苹果。

"有缘再会吧,祝你的未来之路充满愉悦的不幸与悲惨的幸福。"

哀川小姐说完便走到门口准备离开病房。

望着她的背影,我问出了最后的疑问。

"小姬她——"

"嗯?一姬怎么了?"

"她为什么,会用那种方式来称呼我呢?"

"这个很简单啊。"哀川小姐反过来问我,"难道你还不明白,她为什么要向你隐瞒病蜘蛛的存在?抛开心情上的因素,即便被你知道自己曲弦师的身份也没有任何影响,然而她还是竭尽全力地装作自己是一个吊车尾,你还不明白她这么做的理由吗?"

"……我搞不太懂。"明明是自己先发问，我却低下了头，避开哀川小姐的视线，"不是因为她希望让我放松警惕吗？要是装成一个头脑不好的女高中生，任谁也不会戒备她吧。"

"才不是呢，傻子。哼，简而言之就是移情作用嘛，她在某个跟谁都不像却又跟谁都很像的家伙身上，重叠了别人的身影啊——"哀川小姐不怀好意地笑道，"就跟你在那丫头身上重叠了玖渚友的身影是一样的，虽说那只是错得离谱的一厢情愿。"

如同我在小姬身上看到了玖渚。

小姬也在我身上，看到了某个人吗？

"……我还能，见到小姬吗？"

"放心吧，就算你不乐意我也会很快让你们再见面的。"

就这样，承包人转身离去，消失在我的视线中。她还是一如既往，在最后的最后都要搞得我心如乱麻然后撒手而去。已经解决的谜团非但没有得到更深入的解释，反而又牵扯进一大堆新的问题，而她就这么一走了之。

这人还真是一位发人深省的公主，意味深长的皇后，暗藏玄机的女王陛下，亏她居然能埋下那么多有的没的、各种各样的伏笔。归根结底，先不说玉藻那次，子荻被杀还不是因为哀川小姐偏要去换什么衣服配色，真的很想向她指出这一点。

"所谓没有个性，换言之就是无论怎么说都行吗……真是一个个都对我抱有过分的期待，算我求求你们饶了我吧。"

我不过是一个有点话痨、缺乏妄想、性格阴暗的十九岁少年罢了。

　　脑子里刚想着这些，负责照顾我的护士小姐就端着托盘走进了病房，仿佛是在接替哀川小姐的位置。看来哀川小姐是察觉到护士小姐的气息才起身离去的，真是有如忍者一般的人物。

　　"刚才从房间里出去的那位没见过的，像是替身使者一样的帅气时髦美人是谁？来探望伊伊的吗？"

　　护士小姐边回头看向门外边饶有兴致地向我问道。

　　"是伊伊的大姐吗？还是表姐？"

　　亲戚这个解释似乎很有说服力。

　　"……哦，她是我女朋友啦。"

　　"什么？"

　　显然是怀疑的语气。

　　"哎呀，对方一往情深地迷上我，真是让人很头疼，连这种地方都被她找到追过来，至少住院的时候就让我一个人清静清静嘛。"

　　"是是是，真是这样吗？"

　　护士小姐明显没有相信我的说辞。

　　"别看我女朋友那么炫酷，跟我两个人在一起的时候可乖了，不管我说什么她都是百依百顺呢。"

　　"是是是，你说的是。真想沾沾你的福气呢，伊伊还真是受女人欢迎。"

　　护士小姐一边说着，将塑料托盘摆到桌子上。

"亲亲密密，亲亲密密……"

这所医院到底是出于何种考虑才会雇用如此具有个性的护士啊。我感觉自己开始有点火大（而且又更加束手无策），于是转换话题。

"护士小姐，你平时看推理小说吗？"

"是护师哦。"被她纠正了。这种细枝末节的偏差无非是军师与谋士的区别，她却如此计较，真是一位一丝不苟的人。"倒是在看啦，那又怎么了？"

"考你一个谜题。"我拿起哀川小姐留下的信封，确认里面的内容，同时向护士小姐说道，"假如在某处有一个房间，门锁是通过掌纹识别器来控制的，除了屋主之外没有任何人可以从房间外侧开锁或上锁。好了，某一天，你和你的两位朋友，一共三个人来到了这个房间外，因为门上锁了无法打开，只好强行破坏门锁硬闯进去。结果一进门，就发现了屋主被分割得七零八落的尸体。"

"啊，是密室杀人对吧。"护士小姐微笑道，"居然是掌纹识别……好像鲁邦三世呢。"

"那么，凶手究竟是使用怎样的手段，才完成了这个不可能的杀人事件呢？"

"我想想，啊，知道了，简单简单。"护士小姐完成了用餐的准备，转过来对着我说道，"凶手在房间里把被害者的尸体破坏，然后在一地的残骸中捡出一只手带出来，再利用它把门锁上对不对？破坏尸体只是障眼法，其真正的目的是为了把能解锁的部分带走。毕竟'房间的钥匙'就是那只手嘛,而且刚死不久的尸体仍会表现出一定的活体反应。哈哈,这就是所谓的不择'手'段呢,开个玩笑。"

"……"

"任谁看到眼前出现被破坏的尸体都会心神不定,就算分散的尸体中少了一块零件也没人会注意到的。没错,所以凶手就在发现事件的三人当中,而且一定是最后进入房间的那个家伙。他之前一直把断手藏在随身挎包之类的地方,趁着其他两人发现尸体震惊不已的空隙,偷偷地把断手丢在房间的某个角落里。哇,这伎俩也太乱来了吧。"

"……"

我一边听着护士小姐的解答,一边朝信封的里面看去,里面是一大沓钞票——以及,一张照片。这大概就是小姬从我的口袋中抽走地图时,顺便一起回收的那张照片吧。

上面有小姬毫不作伪的笑容的那张照片。

"我会很快让你们再见面的——"

原来如此,承包人。

真有你的——这不是很懂嘛。

原来刚才不是在耍帅啊。

小姬是出于怎样的心情才从我这里把这张照片拿走,我已无从得知,虽然如此,但我觉得自己能够感同身受。这张照片其实是回忆,是小姬与哀川小姐初相识时的,那份回忆。是那份绝对不会变得暧昧不清，与未来的性质截然不同的，名为过去的回忆。

"嗯？喂喂，人家正在回答你的无聊问题，你怎么还在看照片看得那么起劲啊。伊伊，那是谁啊，女朋友？"

"这个反倒看上去像女朋友吗……"我被这位护士小姐当成什么人啦，"不是啦，这一位只是……普通朋友。"

"可你看照片的眼神充满了慈爱，就像是在看自己的女儿或是徒弟一样呢。"

"有吗？或许是这样吧。"

小姬从我身上取走这张照片，唯有这件事无关犯罪或杀人，是纯粹的诓骗，是没有丝毫恶意的行为。小姬只是因为自己想要，才把照片从我身上取走。倘若如此，那她为了取回这张照片，势必还会再次出现在我面前吧。虽然我不清楚小姬现在身处何处所行何事——也不清楚哀川小姐今后对小姬有何安排……不过既然我自己相信这一点，那就当作被骗放弃继续深究，倒也不坏。

小姬终究无法成为那家伙的替代——但即便如此，我还是有很多想要告诉小姬的事情。

没错，比如说，戏言的使用方法之类。

那是因为对小姬而言——像我这样的反面教材是必不可少的。

"哼。对了，照片的事怎样都好啦。刚才那个谜题的答案是什么？我应该答对了吧？伊伊，快告诉我嘛。"

护士小姐满怀期待地盯着我追问，我冷漠地挥了挥手以示了解，接着道出答案。当然，她的解答是否正确自不用说，毕竟连这么简单的谜题都解不开的老好人就算找遍全世界——

　　嗯，大概也只有一个人吧。

　　人类最强的老好人。

　　"答错了，大错特错。居然怀疑自己的朋友，你这个人还真是过分啊。"

　　"大骗子。"

　　"没错。"

全剧终

后　记
POSTSCRIPT

所谓他人的意志，往往是一些意义不明却又强加于人的东西，根据不同的情况，有时候向他人施加自己意志的人甚至还会以恩人自居。但是也很难否认，那些能够被称为"意志"的明确信念，的确或多或少会给周围带来明显的压力这一事实，这究竟是不是一种错觉呢？嗯，大部分情况下都是错觉，可若试着将"意志"和"压力"这两个词调换一下位置，我又意外地发现很多例子居然也都说得过去。而反过来看，即便是自己的某些无谓言行，也同样会对周围产生一些意想不到的影响，老实说发现这一点着实让我很讶异。认为自己的存在即为世界中心的想法毫无疑问愚不可及，然而同样地，认为自己的存在不会对世界造成任何影响从而肆意妄为，这种想法或许更加愚蠢。倘若这个世界是在压力与压力之间相互碰撞挤压的基础上才得以成立，那它一定是依赖着十分微妙的平衡才得以维持，就如同用针一扎就破的气球，如同在蛛丝上进行的走索表演。正因如此，仅凭一个人的意志，就足以破坏这种脆弱的平衡，招致严重的后果。当然我也绝不是说因此我们就要怎么怎么做，虽然没有小题大做的意思，但我极其偶尔也能观察到某些能够无视这些压力放飞自我的人，所以我想还是不要把话说得太满才好。

本书作为戏言系列的第三本，如您所见，既没有主题也没有主张，大概连类似于意志的东西都找不到。整本书仅仅是一位打着戏言跟班旗号的欺诈师一五一十地，对有利于自己的理论做出的漏洞百出的叙述，换句话说就是一篇无为无谓的故事。肯定之后再否定，逃脱之后再投降，尊敬之后再愤恨。原本戏言跟班就不可能做得好教导他人这件事，所以我也在想要不要干脆把副标题改成"戏言跟班的梯子"，不过这个想法也就是在我的脑海里一闪而过便再也没有下文。若本书能够成为戏言系列的转折点，那么全系列的节奏也能够更加紧凑，遗憾的是并没有这回事，也没有文笔上的转换，本书就这么顺利地在戏言的道路上渐行渐远。这本《悬梁高校：戏言跟班的弟子》大致上就是给人这种感觉。

借由本书，西尾维新文库终于也出版到了第三本，感觉总算是告一段落了。竹老师迄今为止一直都是本系列的插画师，从讲谈社文库出版部门那时起，各方各面我都承蒙了竹老师的诸多关照，今日今时我活着就是为了报答这份恩情。当然各位读者也是，希望大家能让我继续以执笔小说的方式来回馈各位的厚爱，今后也请多多关照。那么下回再见。

西尾维新

《KUBITSURIHAISUKU-RU ZAREGOTODUKAI NO DESHI》
© NISIOISIN 2008
All rights reserved.
Original Japanese edition published by KODANSHA LTD.
Publication rights for Simplified Chinese character editon arranged with KODANSHA LTD.through KODANSHA BEIJING CULTURE LTD.Beijing,China.
本书由日本讲谈社正式授权，版权所有，未经书面同意，不得以任何方式做全面或局部翻印、仿制或转载。

图书在版编目（CIP）数据

悬梁高校：戏言跟班的弟子／（日）西尾维新著；
胡长炜译. -- 北京：中国广播影视出版社，2023.8
　ISBN 978-7-5043-9011-0

Ⅰ.①悬… Ⅱ.①西… ②胡… Ⅲ.①长篇小说—日本—现代 Ⅳ.① I313.45

中国国家版本馆 CIP 数据核字（2023）第 075652 号

著作权合同登记号：图字 01-2022-5057

悬梁高校：戏言跟班的弟子

［日］西尾维新　著
　　　胡长炜　译

责任编辑	王　萱　彭　蕙
封面设计	MF　李宗男
版式设计	曾六六
责任校对	张　哲

出版发行	中国广播影视出版社
电　话	010-86093580　010-86093583
社　址	北京市西城区真武庙二条 9 号
邮　编	100045
网　址	www.crtp.com.cn
电子信箱	crtp8@sina.com

经　销	全国各地新华书店
印　刷	北京盛通印刷股份有限公司

开　本	880mm×1230mm　1/32
字　数	156（千）字
印　张	7.75
印　次	2023 年 8 月第 1 版　2023 年 8 月第 1 次印刷

书　号	ISBN 978-7-5043-9011-0
定　价	48.00 元

（版权所有　翻印必究·印装有误　负责调换）